清和的七月

王　敏 著

时代文艺出版社
SHIDAI WENYI CHUBANSHE

图书在版编目（CIP）数据

清和的七月 / 王敏著. -- 长春：时代文艺出版社，2024. 11. -- ISBN 978-7-5387-7629-4

Ⅰ. I227.6

中国国家版本馆CIP数据核字第2024G704F4号

清和的七月
QINGHE DE QIYUE

王敏 著

出 品 人：吴　刚
责任编辑：杜佳钰
装帧设计：任　奕
排版制作：隋淑凤

出版发行：时代文艺出版社
地　　址：长春市福祉大路5788号　龙腾国际大厦A座15层（130118）
电　　话：0431-81629751（总编办）　0431-81629758（发行部）
官方微博：weibo.com/tlapress
开　　本：710mm×1000mm　1/32
印　　张：7.5
字　　数：133千字
印　　刷：长春市华远印务有限公司
版　　次：2024年11月第1版
印　　次：2024年11月第1次印刷
书　　号：ISBN 978-7-5387-7629-4
定　　价：58.00元

图书如有印装错误　请与印厂联系调换　（电话：0431-85678957）

目录

光

情绪乱糟的时候，感谢心里那束光。

有那么一刻，世界是静止的，唯有那束光。

它带来的安宁，哪怕只是片刻，也汲取能量。

迷恋这种感觉，珍惜沉醉其中带来的治愈感。

是梦幻一般的真实。

愁绪在光影中消散，心绪从迷失中抽离。

生活琐碎，从容、不易。

放下纠结，试着疏解，粗茶淡饭，清净度日。

与时光握手，与岁月相伴。

流年有爱，心随花开。

年 末

这一年一年的，在恍恍惚惚的热气腾腾中，又是一年的年末。

外面的风时不时怒吼一阵，而此刻只听到它的声音，感受不到它的肆虐。屋里暖气十足，阳光透过窗子进来，更是一片温暖。看到外面屋顶泛着光的积雪，想象着光影里的天寒地冻。

心情的表达习惯付诸于文字，自娱自乐地诉说，是想要留给以后念起的回忆。那是年少不知何是愁的矫情，藏匿的心事，坚定的意志。就比如此刻，耳边有音乐，看以前的字，想曾经的自己，就像在阳光下打了个盹儿，暖暖的，淡然清闲。

忽然想起成都，那一晚在锦里的街头，吉他弹唱的帅哥深情投入。在歌声中沉迷，街上人来人往，我们仨，喝着果汁醉了。

　　总是会有这样的时刻，忽然就醉了。想念那晚的大桥，想念西藏，想念在路上热烈地奔赴。有厚重，有惆怅，有懂得。是这些瞬间就涌起的回忆，想起就会陷入的过往，钩织了温暖的岁月。因为最美的风景，总是在心里。

诉　说

有时觉得很多话想说，在心里发酵酝酿，来回翻腾。

有时觉得情感无处躲藏，想要诉说，不分昼夜。

回想之前一路走来，平淡漫长，如同一首悠扬的老歌，会在耳边悄然响起。

然而不知何时开始，越走越近，越走越快。

像是湍急的河流，急促热切，浪漫缠绵。

于是只剩下热烈。

也或许，不是所有的热烈都可以恣意生长。

疯长了夏，翻越了秋，又似是冬天的海。

刻意沉寂，却不知如何抵挡内心翻涌。

是要欢喜还是要落寞已分不清，也不知怎么不去忆起。

只是忍不住想念。

想念在路上的感觉，想念那种自然又真实的存在，想念那份与之相伴的痛快。

想念那个小欢喜，小折磨。

雨

雨季绵延，从春至秋，不息。

春雨细腻，夏雨疯狂，秋雨温柔。

昨夜有风起，窗外枝丫摇晃，树叶婆娑，雨下。

晨起，雨声依旧，秋意渐浓。

秋雨之后，夏将止。

热烈远走，缤纷至。

微风细雨

喜欢的歌会单曲循环,任由它在耳边徘徊,和它一起沉醉。

有的缓缓悠扬不紧不慢,仿佛沉浸于微微吹拂的风中,有细雨洒落,在青青的草地。有的仿佛被施了一个魔咒,深深紧箍,也仿佛与心境瞬间契合,只顾得沉迷。有的连同山海湖泊,连绵不断的声音,声声传来,久久回荡,美轮美奂。太神奇,太惊艳,太留恋。有的嗓音入耳即醉,无尽挣扎,却又无比坚强,有淡淡的忧伤却又充满力量,在沧桑中带着向往,一路航行,淋漓尽致。

有时听了又听,睡梦中波澜壮阔,沉静又疯狂。总是会在不经意间被歌声带跑,跑向远方。

念　想

　　心中有念想，所以有期待，所以有回响，所以会美丽。情之所趋，顺应自然。

　　就在心里的某个位置，相互感应也好，独自体会也罢，终归是要安放。

　　有些时光时而觉得短暂时而又觉久长，那是因为短暂的时光里被赋予了丰富的内容，恍惚又清晰。

　　那些温柔的场景，还有交织的心情，像电影一样被回放。

远　方

一场大雪之后，北京的天气略微湿润，有淡淡的雾气，朦胧中触动了曾去往的那座南方城市在我心中所留下的痕迹。

夜车。清晨醒来已到南方境地，隔窗望去，绿色环绕，清新怡人。一座座山川，还有淅淅的小雨，让映入眼帘的这一切显得更加迷离动人。

4月天，走在铺着石砖的小路上已有夏天的感觉，道路两边葱葱的樟树，茂盛浓密的枝叶生机无限；花池里娇艳的花，粉色、黄色、红色、白色……开得可人，让人欢喜；小橘子树上果实累累，如同一盏盏小巧的灯笼，又仿若一个个可爱的精灵。石头砌成的墙上方有探出头来叫不出名的植物，调皮地向外蔓延摇摆，我抬头，透过叶子看到蓝蓝的天，白白的云。还有那满山的枫林，如果在秋天，它会是热烈的。我陶醉在无止境的想象中，沉浸在那青葱浓郁的美景里。

次日的南方小镇，新奇的事物让我感叹不停。不能忘记的是各样特色小吃：辣得过瘾的米糕，吃上一口就想着下一口；柔滑香嫩的米粉，劲道十足美味无限；橘叶垫底蒸起的糍粑，糯米和野菜叶相拌春合做成的碧翠的外皮，黑芝麻红砂糖调制的馅儿，清香宜人；山上新采摘的竹笋，清脆鲜美；软滑的地木耳，存着大山的气息……

街市上有小商贩摆着自家编制的竹筐，里面盛着新鲜的水果还有绿油油的蔬菜，小小的红彤彤惹人爱的杨梅，透亮的吃到嘴里甜丝丝的荸荠，细小叶子的山野菜，一筐筐新鲜得很。

还有头上身上戴满银饰的阿婆，面前的摊位上摆着耳环、镯子、手链、项链、头饰……不管什么材质，情趣还是有的。

如此，南方之行带给我的是一场琳琅满目的视觉盛宴，一番熙攘琐碎的小镇风情，一种淳朴热烈的乡土情怀，让我在思绪飞扬的时刻依然记起它的美好。

旧时岁月，新念想。想要去远方，放飞。

城

人生之所以丰富，是因为有情感的存在。情感所带来的愉悦会让人发光，当然也会有黯然。事物的本质都是双向的，认真对待每种传输，接纳认知，是最基本的人生态度。

不知道是不是每个人心里都会有一座城，无关大小，就那样存在。温柔，舒适，每次想起都是懒懒的幸福和向往。也还会有无法隐藏的忧愁，那是一种想而不能的愁。假设再澄净一些，幸福就会多一些。假设再明朗一些，忧愁就又会少一些。

心里的城之所以存在，是因为这座城里有故事。故事里可以是很多人，也可以只是自己。假如欢愉只能是一个人的，假如悲伤只能是一个人的，那就一个人承受。只是我总是会想起，总是会想起，那一场沉静如水的温柔。

热　烈

热烈是曾经的过往，是可期的某天。

如影随形的是那一缕幽静的清香。

等待是迷人的游戏，是搁置心底的静谧。

让心绪沉淀，让纠缠消散。

像是天空飘过的云，像是云间洒落的雨。

漫无踪影，又沁入心田。

当诉说已成为习惯，当梦境已无处不在。

那慌乱之后的安抚，是安心的期盼。

期　待

依然是熟悉的味道，沉醉的清香，浅浅的诱惑。

会忽然想起某句话，某个样子，某个场景。

有时像疯长的草，葱郁繁盛。

有时又像路边的野花，独享芬芳。

有时像夏季的一场突然暴雨，又像雨后片刻清爽安宁的大地。

当矛盾交织，纠结缠绕。

在忍耐中煎熬。

就会期待，期待念想总会有温柔可平复，有着落。

盛开的荷

如果你把那片风花雪月当作一场梦，我也会。

即便飘渺，却足够浪漫。

是微风吹拂的云朵，是夏日盛开的荷。

是炽烈的奔赴，是不舍的离别。

是夜晚星空的闪烁，是一朵花开的欣喜。

只知道那一刻是欢欣雀跃，还有期许。

情　缘

有时候情缘是让人感伤的。

但我宁愿相信，不只是这样。

我愿意任何事物都有双重意味。

在我心里，情缘是美好而郑重的。

那一颗潮湿柔软的心，真想让它在太阳底下暴晒。

让阳光驱散它所有的落寞与疼痛。

让它在热烈的光线里随意伸展，直至平和。

不想看到它一丁点儿的褶皱。

只愿它无忧无虑，像个不谙世事的孩子。

可是我不止一次地感受它的颤抖，还有抽泣。

它的彷徨揪扯着我，却无法拯救。

于是有了挣扎，有了迷惑，有了无力的恐惧。

可我明白，它是我的光。

它用深情的思绪给了我温暖，让我在黑暗的夜里不再迷茫。

它带来暖阳的温度，让我不再惧怕冰冷。

可是，可是终究。

我只能远远地看着它，看它走远，像一缕轻烟。

我用尽全身力气，却还是什么都没有抓到。

如果可以

会不会，可不可以，换一种关系来维持和继续。

如果可以，会珍惜。

若是不能，只能心疼和无力。

想念夏天，期待夏天。

热烈丰盛的姿态，茂密生长的绿色植物，强烈淋漓的夏日阳光。

奔跑，流汗，疯狂。

清爽的早晨，安静的午间，蝉儿鸣叫，蝶儿飞舞。花香，草香，泥土香。

过往只属于曾经，一切都在成长，在变化。

承认无奈，面对无助，需向前，向前。

没有喧哗，沉静，只是沉静。

有些东西经过岁月的颠覆，再也握不住。

空落的时刻，心里的无助几乎将自己毁灭，于是想要清静。

如果没有那么复杂，如果它只是如我所想的那份简单，是不是就不会有无法自控的哭泣。

或许想念夏天是因为太迷恋它的温度，太想把自己暴晒在它热辣辣的阳光里，蒸发掉所有的潮湿，不留下一点儿痕迹。干脆，彻底。

其实都在挣扎。

欲　望

欲望是一个个微小的黑洞。

或热烈、奔腾、激荡，或隐忍、封闭、静谧。

欲望是一些些跳动的精灵，不刻意，无特定，想要跳出的时候无法阻拦，调皮又任性。

无止境，无休止。

欲望是温暖的，也是冷漠的。

你若真情对待，它会是柔和的。

你若一味玩弄，它便是残忍的。

欲望是一把把锁，你却不能拥有万能的钥匙。

只须明白，在这个世界上，不是每一把锁都有打开的必要。

欲望是一簇簇火苗，一堆堆篝火。

或有条不紊，或气势汹汹。

你的心里须有防备，以便控制火的方向。

又须时刻藏有清水，在某些时刻能果断扑火。

或许它只是恒温存在着，也或许它到最后只剩一缕轻烟。

面对欲望，有时想要放纵，有时又必须掌控，这是一种境界。

你看着它的扑腾，你在它滋生出来的种种情绪里独自纠结。

独自纠结着。

在黑暗的夜里，在阴晴不定的天空下，在路边，在房间里。

我们都说没有力气折腾了，因为疲惫了。

而欲望，它永远是自由的，想来就来，想走就走。

聆　听

　　浅浅，小小，美美的欲望。无止境又怎样？从某种意义上说，这是一种支撑，也是精神动力。想，如果没有欲望，生活该是多么平淡无色。而正是有了欲望，才会有所追寻。对美好的事物心存渴望，这样的生活更容易五彩斑斓。对吧？

　　就像阳光下院子里晾晒着的手工织染的棉布，闪动的光晕，片刻的迷离，低调的韵味，荡漾的激情。你从它之间穿过，闻见它散发出扎染的味道，种种汇集，丰盛多姿。可以迷恋，可以停留。看它在风中飘动，轻轻掠过皮肤，感受它的摩挲，随意而温柔。聆听，深陷。

　　就像那古老的棉布，大片的花朵，绚烂盛开。欢喜的红，暗涌的绿，或奔腾，或静默。寂静的妖艳，绚烂的隐忍，无与伦比的神秘。我知道，它所带来的力量，沉静而庞大。融入，是对热爱最激烈的诠释。

就像幽静深巷的一处院落，有灰色砖墙和瓦片，有布满青苔的地面，有用来喝茶吃糕点的石凳石桌，有石板砌成的小路，有青草密集的微小园地，有一抬头就可以看见的湛蓝澄净的天空。

就像可以跑步的高跟鞋，为了抵挡寒意，穿着它在北方冬天清冷的夜里随意奔跑。嘻哈着的热气消融在黑暗的夜里，看不到，唯有感觉。感应它的腾腾，享受那份彻底。听鞋跟与地面碰撞的响声，短暂，激烈，连续。带来生动的希望。

就像小小的尖红辣椒，丰满的果皮下浸满香辣的汁液，顷刻间味觉分明，浓烈，过瘾，毫不拖拉，它是恍惚岁月里渗透着的那种纯正和干脆。

你说，这样美的情境，怎么舍得错过，又怎能不爱上？

春 天 里

悄然流泪。

你不会知道，也许你知道。

永远无法背叛的是世俗。

疲惫至极，无法停止的倦怠。

木木说一条路走得太久了可以试着转弯，寻找一个出口。

可是我不知道这个出口会把自己带往哪里。

我说我的挣扎。

木木说挣扎不下去了有两条路可以选择：一是坚持挣扎，一是妥协。

可是我觉得我连妥协的机会都没有。

有的心意一直都明白。永远都明白。放在心底。

有经历就会有幸福，也会有痛苦，早早晚晚前前后后。

开怀的时刻不愿想起这些。等到想起的时候，那些时刻已经只能成为回忆了吧。

阳光灿烂得晃眼，心里的潮湿却无法排解。

分不清是冬还是春。

温暖的，寂寞的，空灵的，心疼的。

真纯，投入，迷失，还有彻底。

远离挣扎，趋近平和。

想起这些融入生命之中的情意。细腻，懂得，交会，深邃。

春天里。

好听。

温　情

温情。

平和的两个字。

会为它深藏的含义而眩晕。

没有生分。

带着岁月赋予的感情生活。静雅温馨。

缘分奇妙而真实，能相知已很不容易，相惜更是珍贵。

时光如静静的阳光一样流淌，温暖美好。

命中注定

忆起小时候妈妈缝制的带有动物图案的布衫裤子。这些个原始的、自然的物件总是让我迷恋并雀跃。也想扯一些棉布，试着缝制衣物。阻止不了这些欲望，并且乐意顺由它延续。

是欲望吧，却不想深究它的缘由。正如某些事物，复杂之外只剩下赤裸裸的简单。缤纷的深处是寂静无声的低落。

快要过年。让我欢喜的节日。会在想起过往的时候感叹时间的极速。仿佛恍惚了一下，就又是岁末。

想去一个古镇。看那透明的泉水，纯澈的天空，听古朴的乡音。清新的早市上有挑着担子的小商贩，竹筐里有山上采摘新鲜惹人的的野果，有田园里刚刚摘下的带着露珠的蔬菜，一番熙熙攘攘之后回归本有的安静。那里有灰色砖墙的胡同，色彩迥异的特色物品。咖啡色的木板长廊上面有绿藤缠绕，阳光透过叶子停在身上，趁它晃动的时候打个小盹儿。

夕阳微微进来，小巷一片朦胧，油画一般，安静美好。

相信命中注定。相信人与人之间的缘分。无论清浅或是深厚，都须用心体会。人世间的缘，是奇妙，也是注定。

相信感情。刻骨，或是淡然，但是真挚，且一直存在，跟随着我。

相信美好，比如善良。善良是一种珍贵的品质，能拥有已是一种财富。于你，于我。都是美好。

有人对你好。如果你能看到并懂得而且珍惜，是幸福的。

有些事物虽默然，但若能领会，就更生动。

有时候类似幻觉的事物比什么都真实。

细腻的思绪，盛大的境遇，膨胀的欲望，翻腾的内心，安静的模样，流动的空气。

一切事物的存在都有它的理由，不管这是一种纵容还是一种顺从。

知　晓

沼泽。大片坑洼，泥泞淤积，细密植物，阴暗潮湿，雾气蒙蒙，踉踉跄跄。

如同用了心的情。小心，投入，深邃，任性，恐慌，担忧，不舍，痴缠。

深深明白，有些刻意，是爱的成分。

冬天不是只有冷风和冰冻，还会因为阳光的温度而暖意绵绵。

相信我，你可以感受得到。

模糊是懒惰的一种状态，不清醒是因为害怕疲惫。时刻拘谨，总有一刻会崩溃。

假如心力无限，那也无所谓。而恰恰，我没有。

假如可以拥有真心，并知晓明白，从此珍惜。

这会是一件仁慈的事情，它属于生命之中的恩惠。

传　奇

感情与温暖有关，它应该是一件纯粹而简单的事情。就像你从梦中一闪而过，而我却不舍得告诉你。尘封，是最绝美的酒。

爱上春春，因为看见她的羞涩，还有真纯，真实安静，无与伦比。我抓着青春的尾巴狠狠疯狂了一回，让这份爱在心里燃烧。细细体味它的浓烈，迫切，灼热，还有神奇。

有些任性被看透。被纵容。虽也拼命抵挡。却依然沦陷。

迷上传奇，缓缓流动的节奏，激烈滋生的情愫。动荡飘零，悠扬震彻，空灵寂静。

爱上。看似迅速，实则不然。它需要漫长的铺垫，从感知到懂得，默默领会，触摸丰盛的蕴含，直至灵魂的交汇与融入。

有些借口永远不能说出来，一说就错。

做一个有成就的女子，突然发现很难。

心 锁

黑暗空寂的时刻，时空回旋的叹息和呢喃显得格外深沉而沧桑。

是一种落地成泥的沉沦，笃定而真实的笑靥中渗透着不舍。

更是一种深陷，在前所未有的痴迷里游弋，简单热切，澄净纯澈。

呼喊与回应，轻轻，却是源于内心的激烈。因为情切，所以明了。

缘分的清浅或是深彻，是命运之中所蕴含的定数。

而变数，亦不可阻止，且无法违背。

对待这些已经注定的元素，唯有顺从。这是最好的解药。简单低调。

打了一把钥匙。

碎 碎 念

咖啡厅，读一本小说，享受静谧的时光。

胡同里，缤纷阳光下穿行，拍照片，笑声连绵。

夜晚台灯下，看书，写字，沉淀心事。

安静的时刻很美。有时觉得都为平常之事，有时又觉极度奢侈。

小贤说准备和卓凡春节之后来我这里，我上班，她们逛街。我已开始憧憬，也开始想念。曾经在同一个城市，步行半个小时就可以见面，却还书信不断。一起逛街，在夜市上喝少许啤酒，吃可口小菜，手拉手唱歌，说同样的话，一同入寝，聊到天亮。亲密无间的纯真年代，一直在心里挂念。

昨天在车站和卓凡短暂小聚，聊生活中琐碎小事，哈哈大笑，虽很久未见，却依然如从前。想起上次的分别，也是在车站。同样的进站口，我拉着箱子，看卓凡与我挥手再见。

绚买下有大片花朵的棉布枕套，要寄给我。心里欢喜，喜欢的场景。妖娆而纯真。

在途中，睡眠与梦境不停交织，连续不断。看着窗外冬天的萧瑟，隆隆声中的铁轨后退，不知前方又是何处？

贪婪与任性，深沉与投入，安宁与激烈，在乎与疼痛。这些都属于爱的范畴。

一个拥抱，天荒地老。

醉意朦胧，沧桑决绝。

感情有时是单一存在的，与其他无关。

快乐有时很简单，不要给它缠上一道又一道的枷锁。

我不想看到你的落寞。

纯　粹

那是一个仿佛传说的传说。

只能闭上眼睛,在飘忽而纷繁的梦境之中感受它的天荒地老。

那是一段相依为命的际遇。

它饱含着岁月里深沉而古老的感情,单纯浓烈,沧桑决绝。

那是一种相互融入的刻骨铭心。

无法言明的思念与疼痛,在无尽的夜里恣意释放。

那是一段随时都会沦陷却又疯狂的痴缠。

放任乖戾的个性在纠扯不清的时刻浅浅清唱,无边蔓延。

那是一朵散发着香味带有细密小刺的花蕊。

在那些夜未央天未白的时刻任性地绽放，又颓败。

那是任何时刻都无法忘记的迷恋，深切而彷徨。

无论身处天涯或是海角，一遍一遍在心里上演。

那是漫无止境却又无尽真实的黑夜。

湿热的眼泪纵容着迷离，在沉醉中叹息，无从逃离。

那是阳光下随风舞动的尘埃。

在明亮的光线里飘忽，眩晕，茫然不知所措。

那是一些以为再也不会的荡漾。

在摇摆不定的日子里悄然低迷，又盛然呈现。

那是一些时时刻刻都在闪烁的幻影。

稚嫩的双眼，哀怨的神态，在心里绵绵长长，纠缠不清。

那是一种与给予同样深重的索取。

害怕失去的恐慌，化为投入之时的忘乎所以，有多在乎就有多淋漓。

　　那是，那是，那是……

　　那是一场与风花雪月有关的爱恋。

安 好

迷茫与清醒交叠，这才是正常。如同雾中之人，昏昏沉溺，却也跟随时间，逐渐冲破迷惘。有限与无限，坚定与变数。如果词不达意，干脆沉默。

不管是否完美实现，计划，还是很有必要的。从某种意义上说，这是前行的轨迹安排。它在一定程度上带来踏实的感觉。一点一点，总会慢慢出现。

空洞，空白，失落，无所依偎。这是一些折磨。也是某些瞬间的恐慌。要忍受，也要填补，转移，改换。不聪明，但求平静。如果不足够坚强，就远离硝烟弥漫的战场。如果可以逃脱，就不要沦陷。何必委屈自己。

午觉醒来，眼神模糊。心中有爱，却渐渐不再流露，只是放于心底。记忆，回忆，持续，相伴，珍惜，想念。

很多个时刻躲在角落，我想起那些纷繁的、单纯的、无虑的、琐碎的、痴傻的、开怀的过往，还有让我逐渐习惯的现在，如同在一个人的剧院观看一部真实的影片，在细腻温情的背景音乐里，独自带着笑颜流泪。

安好的局面，属众人所盼。

排　序

　　温情与任性，微笑与哭泣，宽容与感激。纠缠，交织。相伴，温存。梦太美，忘了醒来。只是还好，你忘了，但有人会记得醒来。那一刻，你发现阳光的晃眼。那一刻，你意识到了梦的不安。那一刻，你头晕目眩。那一刻，你不得不醒来。那是无法排泄的忧伤，隐忍而无奈的心碎，绝望而无助。

　　凌晨台灯下的文字，还有音乐。午后短暂的阳光，顶楼的清风和暖阳，棉布床单和裙子在风中的飘逸和香味。夜市的啤酒和烧烤，图书馆的杂志。暧昧的气息，短暂的迷离，浓缩的诱惑。空洞和寂寞，最终还是填补。只在那一刻生动，在之后遗忘，却不是刻意。抛弃所有约束，却不能否认它的真实。心动，忐忑，渴望，不舍，凌乱，或许只是为了释放和掩饰。不去分辨，不去体会，因为疲惫。

内敛，沉默，欣喜，自然。巷口的路灯下，香甜的梦。那是一个充满风情的夏天，有台阶，有青苔，空气中带着草的曼妙香气。安静的表面，动荡的内心。

记 忆

午后的阳光灿烂如春，让人沉醉。可即便是在这暖阳里，依然逃脱不了醒来那一刹那内心的潮湿与沉闷。之前看似是一道静好的程序，而当梦境中的零星片段还未消失，这种恍惚所带来的飘绪已经开始肆意舞动，于是无法抑制地开始想念。些许伤感，却仍旧与温暖有关。

记忆线有时是绵长的，即便很久之前的事，若想起也会深陷，无论绚烂或是颓废。而有时又仿佛真空，全然不在，你无法解释期间的空白。可也有时候，相关的人不经意间翻起，你才恍然，原来旧光阴依然存在，只是你把它藏在心里，藏得很深。可是你无法证实，假若不被提及，是不是就会忘记。

有时候你说别人变了，其实，是你自己变了。

记忆如同风筝，飞得远了，你拉一拉，它还会回来，可是如果线断了，可能就找不到方向了，它若是运气好，还会被你找到，重新拾起，继续放飞，只是打了一个结而已。

爱　上

　　某些痴缠，很久之后会发现是一种纪念。彼时的欢颜笑语，不觉中便成回忆。当再想起，已是种种情绪纠绕内心。

　　夜晚有它独特的色彩，不用添加任何佐料，已经味道非凡。黑暗中的辉煌往往更值得期待，昏黄中的光线更是无尽斑斓。

　　有时候，有些心境突然就会呈现。它的跳出没有特定的时间，也无须专设的地点。它不是偶然，因为始终存在于心里，从来不曾忘记。一切本就自然，也让它顺其自然。

　　玫瑰花茶。抱着杯子感受它的热气腾腾，看花的颜色渐渐淡然，看它在水中绽放盛开，静默寂然，散发芬芳，慵懒而风情。

　　永远相信，唯有感情，我们无法估量它的厚重。深邃、无私、浓烈、自然、舒坦；无须防备，也不必伪装；真实、静心；忘记疲惫，安然疗伤；贯穿岁月之间，于绵绵中延伸。

有时候面对热爱的事情，却要远离，无法拥有，无论当初如何挣扎与无奈。

这是命运，无从违背。顺从，顺应。因为，新的事物终究也会爱上的吧！

轻　缓

　　爱一件事物到极致，对它的珍惜会源自内心，它若受损，心会刺痛。珍惜到了一定程度，随之而来会产生吝啬的情绪，在我的概念里，其实那叫庇护。

　　抵触痛苦，害怕伤害，这是在每个人身上都会出现的自然反应。每一种答案，都有缘由。这是真理。只是，真理并不是每个人都懂，而任何事情都不能强求，明白即可。

　　踩着秋天的落叶，感受萧瑟的秋风，在胡同穿行，看园中风情，走山间小路，看遍地红叶，在阳光下小憩，仰望蔚蓝天际。这一切看似落寞低调，实则丰盛沉静，因它完完全全属于这个季节。

　　试着控制细小的浮躁，渴望有条不紊。但要相信，也要明白，那些忐忑与焦急，怨诉与烦闷，这些个郁结无可避免，这是个过程。不管你要通往哪里，或是想通往哪里，必须要经历它。虽然跳跃式的思维及事物也存在，但毕竟不是那么牢靠。生活需要循序渐进，需要踏实。有坎坷才能知道怎样去努力，才会懂得如何是付出，才会了解什么是收获。逐日坚强，需要的是过程中的慢慢历练。

这是一场诉说；轻缓，无逻辑，我迷上。仿若冬日里，在古老的村落，看眼前簇簇篝火，热烈燃烧，映红脸庞，索取温暖。我想要的是，在这舞动的火苗中，慢慢安静，平稳有序。

恩　赐

　　落寞时候的情愫，微小、缜密、真实、刻骨，害怕却又极其容易触碰。仿若存在于花瓣中的一粒露珠，澄净透明，万般晶莹。遇有风吹来，瞬间滑落，落入残叶之上，融于泥土之中。我不够强大，还是没能挣脱心中的那个魔，我看着它乖戾、突兀地呈现在我面前，望不尽那幽深的空洞，我无力抗拒。最终，只能索取。柔软和温暖。用你的给予来填补和驱赶。

　　不加任何色彩的纯纯的姿态，真实的景致不经意流露。不加雕琢，自然生动，永远都美。

　　时光赐予我们的是经历还有与之相随的智慧。

　　珍惜，感悟，才会成长。

当那些痕印都已随风去

沉默是一种力量，它可以阻挡不该爆发、不必继续的，淡化正在纠结、无处安放的。顷刻间，内心的奔涌开始模糊、退去，直至缩成一个圆点，在海天相接的地方逐渐消失。风儿吹起，连最后的痕印也随风而去。感谢沉默，学会沉默，是它的无比强大得以支撑那份安静，还有渴望而至的淡然。

昨日，天色灰暗，小雨凄迷，遍地落叶寂静铺陈于布满水痕的路面之上。一路低头看下去，欢喜于它们的默默缤纷。耳边，婆娑的雨声轻轻回应。

今日，晴空万里，蓝天白云，梦里滋生的几许怅然在光线下飘浮摇摆，直至消融。眯着眼睛感受暖阳，慵懒之下，体会微妙欢畅的精灵浪漫飞舞于天际。

爱上这季节，无论落雨纷纷，黯然潮湿，抑或阳光普照，斑斓温暖，它所弥漫着的美从未间断，且总是让我无尽感叹。

蹉跎的心迹终究会静然，一切云淡风轻。尽管依然会在充满想念的梦里哭泣，醒来脸上有泪痕，会在落寞的时候看那些无力在内心膨胀的厉害，但不会再纠扯不清，因为已经学会承担，承担岁月赋予的责任，还有成长过程中所必须付出的代价。

逐日消散的以往，空幻美妙的境象。用心期盼的明日，坚定自若的模样。机缘的逝去与显现。

言语无法阐明的，自有它的理由。须明了，每一次，都是自然、安宁的。

追　寻

柠檬片、桂花、玫瑰。

降温了，天色朦胧。夜晚，给自己沏一杯花茶，边喝边续。昏黄的光线里，静静品味独特的芬芳。不说话，只有音乐和剧情。

渴望属于，因为只有那样才不会太心慌。生活永远是生动无限的，只要你乐于探索，只要你勇敢追寻。过往美好的画面一直在心中温存着，并且朝着更美好的方向延续。

有些缘分很浅，像是可以露出青青水草和小石头的路边的小溪，欢畅淋漓，清澈见底。有些缘分很深，即便是只能深深的一个吻之后再也不见，却一辈子都不能忘记，仿佛世界就在那一刻静止。想起这些的时候，难受，为不能忘却又无法诠释的缘分。

有些诉说只是顺其自然，没有目的，纯粹，平和；有些回应隔着遥远的距离，隔着岁月的摩挲，依然安静；有些想念只是默默地沦陷，至极，就会有落寞；有些话语，你一言我一句，轻轻地，如蜻蜓点水，如微风吹拂，因为之间的激烈早已沉淀在心里；有些味道不曾忘记，哪怕之后的岁月里只能想念或是回忆；有些幸福小小的却真实，它让你感到生活美好。

片　段

　　有时候生活是空寂寂的，像漂在水面上的一根水草，来回晃悠，不知会游往哪里，也不知会不会因此而被淹没，没有安全感。

　　有时候开始回忆，想念过去的美好，之后陷入无边的沉默。过去的东西已经过去，现在依然是现在。

　　只是从未放弃过心中的念想，即便有时候倔强得不可理喻，像一头失去了方向的小兽。但总是相信此刻的断层只是暂时的，未来的幸福会在等待中出现。

秋　天

那一场缱绻的梦境繁华如同幻影，烙下深邃的印迹。那一处斑驳的光影寂寂铺排地面，无声无息，化成静默的希冀。那一阵声音，还有泛着潺潺笑容的脸庞，装载最细小的渴望。百转千回，覆水难收的情愫。

假若将这些隐匿着的盛大细细编织，能否织成一筐筐丰盈的欢喜？若然，将这些微妙放置心里细小又足够安全的位置，静谧时分，享受穿过缝隙透进来的柔和光线，感知内心的蹉跎，往事的婆娑，叹时光荏苒，看岁月静好。

很多时候，即便是在人潮拥挤的路口，也喜欢抬头仰望。那是一副纯净的画面，洁白的云朵在蔚蓝的天空中悠然飘浮。那一瞬间，世界静止，我稍稍眩晕。

试图酝酿的情绪如同风平浪静的湖面，偶尔有飞鸟短暂停留水中央，又忽而掠起，盘旋上空，留下圈圈波影，慢慢散来。

　　生活有时更是一种享受，像是大草原中默默盛开的小花，尽情摇曳，吐露芬芳。

夜　色

夜色中，无眠……

翻来覆去，耳边的音乐让心绪朦胧，却又忽然清醒。任性就像是一个调皮的幼童，时不时会跳出来搅乱稳定的秩序，但那自然而然的纯真又让你不忍训斥反而心生欢喜，任由他的无所顾忌。没有语言，唯有纯美的心境和默默的笑颜。

很多时候宁愿独自一个人在这座城市的夜色中行走，在公交站牌下看着过往的车辆呼啸而过，昏黄的光线里感觉微妙。慢慢觉得，渐渐融入这座城市的夜的同时，对它的归属感也开始诞生并缓缓成长。

曾经熟悉的画面，只能成为回忆，或许也还会去描绘，只是再也不能那么淋漓尽致了。

抒情画意

看《有一天》和《白雪晶晶》，童话般的画面还有让心柔和的文字，念到心里的是温润，感知的是美好。单纯，清澈，温暖，有念想，有期盼……

每个人都会经历一些什么的，挣扎、忐忑，甚至暴戾、极端。曾经觉得失去他日子就无法继续，曾经以为有些事情会到永远，曾经无法预测变数更做不到从容面对，曾经赌气，曾经任性，曾经逃离……可是也渐渐地，学会放弃，学会忘记，学会望着天空看它微微的蓝，看晴日下飘浮的云朵，学会微笑，学会隐藏。学会没心没肺地笑，学会不多问不多想，学会简单无杂念，学会一个人依然把日子过得生动……

有时候情绪是狂乱的风，是风起时阴暗中落到地上有响声的那些大颗大颗的雨滴还有冰雹，是院子里石板路另一端那一处小角落里默然绽放的青苔，是小河边泥土与野草缠绕的香味，纠缠，绵长，宁愿沉溺，不能自拔。也是一米阳光，但是面对阳光的是一段冬眠了很久千疮百孔的青春，于是阳光下呈现出的只是一道很长很长，烙着时光痕迹的背影……

那些不安，那些摇摆，那些渴望，那些分裂，那些崩溃；那些热烈的青涩和真实的迷乱，激烈的叛逆和深邃的理想；还有那份纯纯的执着，那种对地老天荒的恐惧和期盼。其实想要的只是简单，却因为太简单而无法捉摸，于是在追逐的路途中一次次跌倒，却也只能带着伤痕前行。那些心迹，潮湿而透彻的真实，却又会纠扯不清，忘记了晴朗。

有时候情绪是冬日的阳光，是开得正好的花，是大株大株茂盛的植物，是新鲜的空气，一切都很平淡，温暖，恬静，自然。可以眯着眼睛微微地笑起，生活里没有冰冻，没有裂痕，找到了出口，不再一味是无法填补的黑洞。

从最初的无法自知到后来的淡然安静，这就是成长，不能拒绝不能逃避更不能跳跃地成长。之后才会发现其实生活中还有很多出口，有时候转一转身就看见另一道风景，它或许不会让你尖叫，不会让你欢呼，但是会让你的心里滋生细微的柔情，这一柔就是一辈子。

又想起张爱玲那句经典：于千万人之中遇见你所要遇见的人，于千万年之中，时间的无涯的荒野里，没有早一步，也没有晚一步，刚巧赶上了，那也没有别的话可说，惟有轻轻地问一声："噢，你也在这里吗？"

有时觉得这是一种疲倦的状态，然而这种疲倦却是刚刚好，因为已经可以轻轻地回忆起从前那些岁月，淹没波澜，隐去风霜。

感情的世界里没有配与不配，只有会与不会，这是一种契合，更是一种缘分。在需要的时刻会出现想要的，对彼此来说，这都是一件很幸运的事情，学会宽容，学会珍惜，就会找到幸福。

童 年

　　小时候很少有玩具，留在记忆里的好像只有一盒积木，会组合成一个有很多小动物的森林，玩了很多年。还有《安徒生童话》和《格林童话》，读了很多遍。

　　回忆里更多的是和小伙伴们玩耍的场面，过家家、捉迷藏、踢石块、跳皮筋。冬天大雪的时候一路滑雪去学校，还有夏天在小溪里光着脚丫摸鱼虾。

　　家门口院子里有一个池塘，每天上学都从那里经过，荷花盛开的季节很美，池塘里有鱼有青蛙，雨后的清晨总是在蛙声的呱呱中醒来，空气清新。

　　夏天的傍晚，大人们在一起乘凉拉家常，我躺在门前大树底下的小床上，妈妈给我扇着扇子驱赶蚊子，我慢慢就进入了梦乡，那时候每一个梦都是甜美的。

　　桃红花开的季节，妈妈会把花瓣、明矾捣碎成泥涂到我的手指甲上，用麻叶子把手裹紧，经过漫长的一夜到第二天早上，指甲就会浸润成柔和的橘红色。

在雨后的小树林里采蘑菇，回家吃妈妈蒸的蘑菇馅儿的包子，现在不记得那是什么味道了，只觉得很香很香很香，后来再也找不到那种味道了。

还有妈妈做的番茄酱，夏天的时候做很多，可以吃到来年，煮面的时候可以放一些，味道一直都很鲜美。虽然现在一年四季都会吃上新鲜的番茄，可我还是很想念那时的番茄酱的味道，很想很想。

其实我知道，我是在回忆那种感觉，因为它们在我的思想里早已根深蒂固，和我一起成长。以为这些事情已经很远很远了，很久不曾想起，我以为可能已经忘记，可是当我噼里啪啦敲起这些文字，当我想起那些清晰的画面，我除了有笑容，有溢满眼眶的泪水，还有柔柔的感动。

是的，我珍惜这些感情里的厚重。

别　离

酸楚暗中涌动，整颗心潮湿，如同七月烈日里的身体，有黏润的汗液，无法摆脱。沉默，压抑，始终学不会隐藏，那个时刻眼泪像滑溜溜的玻璃球在眼眶不停滚动，很努力很努力才没有让它出界。拥抱，却还是要离别。

伤感的气息在空气里弥漫，没有缝隙透气。甚至不能看对方的眼睛，不能好好说几句话。一相望，一开口，眼泪就来了。感性又真实的我们，琐琐碎碎织成密布，每个针脚都是真情的流露。

某个时刻还是渴望似水一样的柔情，在我疲倦的时候可以涌动。有时也会期待大海一样的汹涌，在我极度沉默的时候可以肆意奔腾。水一样的流畅，狂乱的静。躲不过的纠结想要沉浸，明明知道如同导火索，却还是点燃了。

听着阵阵风吹树梢的声音，看见衣服在风中摇摆，看似悠闲的范畴，纯美安静的场景。

开始新的生活，不逃避，不挣脱。所有的不舍，所有的牵挂，所有的委屈与难过、信念与理想都放在心里。

夏

暖暖的阳光，柔和的乐章，慵懒的样子。

还有一些逐渐老去的痕迹。

生活中所呈现的一点一滴都在心里。

不知不觉的夏天。

或许是因为它的美好。

还有深刻即便是有忧愁、纠结。

然而单纯如花哭泣、彷徨、沉沦、羞涩、甜蜜、感动。

不同的画面拼凑在一起，演绎一场绚烂。

也还或许是因为那时心里承载太多美好的梦想，生活里有电影里面的情节。

如果是爱，纯纯的爱。

无须现实，只有梦境。

烟

慢慢失去的，

有时不只是感觉，

一点点来临的，

终究会成为习惯。

应该明白，

生活如同火上的粥。

熬着闻着香，

大火中火小火，

保温。

不同的状态，

不一样的味道。

懂得火候，

丝丝缕缕，

有淡淡清香，

有浓情蜜意。

迷人的游戏 诡异的色彩

很想在这样一个明媚的季节翩翩起舞，而生活也不能总在梦幻中进行，它有它的原则。曾经偏离了轨迹，尽管那是渴望已久的想法。或许，在乎得太过疲惫，于是在最无谓的热情过后，也只能悄然隐退。然而事过境迁，只能默然地接受这一切。

不知道人的一生会有多少劣迹，已经承载太多，已不想去在乎。寂寞的日子，心情没有来由的飘零，无法消停。

这是一个迷人的游戏，带着诡异的色彩，它只是小孩子们心仪已久的片剧，而我们早已步入成年人的行列，或许那些只是梦幻过的剧情。或许，所有这一切只是一种渴望，心碎后的渴盼，或许，这只是为了纵容自己而找的滥借口。

很多年后，有些事情会不会慢慢沉淀，在心中独自沉浸。无论孤独，苍茫抑或是忧郁，只是陶醉，无可自拔。

或许，在失去了安静的理由之后，所有的一切都呈现出了它最真实的一面。

　　有时候依然觉得内心空洞得像是干涸了的河流，只剩下河床，在烈日下嘎嘣嘎嘣地分裂，留下心痛的痕迹，可还是忍不住要走进去，任由无助的浪潮在心里不停地翻涌。

　　疲倦的时候，一个人走在阳光下，格外的慵懒，拖拉着步子，跟随着影子，无尽地飘荡，没有方向，如同流浪。

　　是尘埃。阳光下飞扬，黑夜里孤单，在雨天落泪，有雪的日子冰冻，一切都是缘由。

她比烟花寂寞

不知道她想要什么，只知道她痛苦。

她像是一个孩子，却要承受无尽的落寞。

繁华散落之后的空虚无处可藏。

深深的爱，深深的苍凉。

狂乱是因为爱，安静也是因为爱。

所爱的人永远不会从心中消失，因为那是生命不可或缺的。

回忆是美丽的，是可以让人安静的，可以让我们微笑的。

望着彼此，已懂得深刻的爱。

深刻的爱才可以治疗这些伤痛。

隐忍的情绪总要爆发，不然会死掉。

浓重的乐调，因为隐晦的情绪。

顽皮的孩子，愉快的思维。

成长只是为了迎接寂寞。

无法排遣的寂寞，只是因为爱。

唯美的画面，悲戚的色调，扣人心弦的乐曲，连着坠入深渊的一步步。

浓浓的无法消停的爱，心甘情愿地忍让，没心没肺地接受。

心灵的相通是不需要语言的，因为懂得是因为有爱。

纯纯的无知，深深的寂寞，只是一切都无法解脱。

心若累了，一切都无法平静。

偎相依的日子，纯纯的爱恋。

世事的变化如同任性的孩子，狂乱无序，哭哭笑笑。

潮湿的季节，热切的心。彼此的怀抱，永不厌倦。

一些个花瓣掉落，只是为了盛放更华丽的，爱情永远不会凋零。

某些情景的散场只是为了要给彼此留下美轮美奂。

淋漓的情绪只是为了更痛快，喜欢彻底。

心灵的感应是需要时间地支撑的，不可以打乱的是我们的灵魂。

想要被疼爱的情绪如同火一样燃烧。

其实不是没有被爱，只是太贪婪，只是纯纯地想要。

简单的孩子，大大的心事，纯美的笑容，沧桑的心境。

不明白的是，为什么想要的简单却如此的复杂。

一个人走路会孤单，因为心中有家的味道。

当不能回头的时候，心中只剩下寂寞，无法消散，让人崩溃，无法呼吸，让人没有余地的寂寞。

爱是馥郁的酒浆，带有丝丝的辛，还有点点的苦。

只是想知道，想知道一些不可能的事情。

只是想要得到更多的爱，只是想要的太多，想要的淡薄是那样难得到。

想要的只不过是安慰，切入灵魂的是怎样的安慰。

只是不想再空虚，只是不想太累，只是想要生活如阳光，只是想要度过灰暗，只是不想再摇曳，只是想要繁华落尽之后的静默。

夏　天

好像还未好好感受春暖花开，夏天就到了。

很快。

热烈绚烂。

只是刚刚摆脱冬的冰冻，夏就跟随而来。

低调的春，被淹没。

在时光的痕迹里。

凌晨鸟儿清脆的鸣叫。

透过窗子进来的灿烂的阳光。

一个懒腰，一声呼喊。

有些想念，有些留恋。

安静的小路，狂涌的心潮。

草地上的花瓣，落叶间的缤纷。

一个人的火车，音乐还有梦想。

做一个知足的孩子。

没有孤单，只有向往。

我只是想让你看到我的坚柔。

我也想让你看看我安静的样子。

还想让你看到，我看着你时的微笑。

或许还是那个爱做梦的女孩儿，只是懂得梦醒。

有时候不说话不是因为没有话，只是为了不让你看到我流泪。

脆弱，一直很顽固，我无法抵抗。

曾经那个清纯的年代，毕业的季节，宿舍楼下的花园整个夜里歌声不断。

醉了一样的不舍。

如今，惆怅，伤感，大部分的时候只是隐藏。

那天我说我忘了哭，却哭得一塌糊涂。

突然期待一场醉酒。

迷恋干脆。

那些生动，那些痴狂，……曾经摇曳，无限风情。

只是过往。

我在蒙蒙的烟雾里看花了眼。

坚　韧

惨烈。

忆起曾经的某些时光，想到了这个词语。

欢乐的年龄，花儿一样的心境，盛放抑或颓败，真实自然，毫无造作。

阳光下看带有浓郁潮湿气息的文字，一遍一遍咀嚼，不会厌倦。

在伤感的河流里游荡，叹息，直到毫无力气。

然而坚信悲伤不会充斥每个角落，事实也是如此，它抵不上微笑，也无法停留。

但是我还是想起了惨烈，或许可以说是轰轰烈烈、激情，等等，都可以。

情愁与爱恨，哭泣与跌宕，身边人的臂弯、怀抱、片刻的温暖……

经历绝不是没有意义，甚至刻骨。

我说惨烈的时候，是想起了所有的幸福与挣扎，愉悦与疼痛。

在我的概念里，这个词语是浩荡重大的，它掺杂着伤感与愉悦，梦想与追求，真实与生动。它丰盛浓烈，如滔滔海浪；它微小细密，如潺潺溪流。

我爱上它，也爱上那个年代。

痕迹，铺叙开来。

这个冬日开始恍惚，心里的哀愁证实我依然脆弱。什么时候才可以足够强大？无法改变的事物就顺其自然。假如这样豁达，是不是就没有忧愁可言？

当想念、心疼、牵挂、不舍，扑面而来，我看到我的柔软，我甚至开始害怕这些，因为它们的缠绕让我无法潇洒。也许，本性难移，那么我该好好珍惜。

认真面对吧，为了这最温柔强大的支撑。

生活的意义在于它的波折，坎坷中前行，你会发现变化，那是柔韧和坚强。

忧　伤

忧伤怎样才可以平复，用简短的时间。

这应该是一件很难实现的事情，大部分时候忧伤是经历沧桑沉淀下来的，根深蒂固，怎么可能那么容易就让它磨灭痕迹。

有些缺憾，荼蘼绚烂。

即便是这样偶尔的沉静，即便如此依然抵挡不了来势汹汹的担忧。尽管一直在隐藏，还有克制。

脆弱的时候，所有的力气都没了。

怎样才妥帖？一直在想却一直做得不够。

心甘情愿是一种执着。固执的港口。

然而专心，是一种境界。

有些投入，之初是欣喜，而后是沦陷。

在涌流的泪水中淹没，别无它声。

桂 花 巷

竟然不知该如何写起。枯竭开始充斥于每个角落。

无法宣泄的，不敢忆起的，重大的，短暂的，瞬间的，永恒的，丰盛的，热烈的，沉默的，颤抖的，灰暗的，明朗的，相聚，分离，背影，眼泪，微笑……

唏里哗啦想起这些个词语的时候，我发现，生活其实还是那么绚，不管底料是酸甜抑或苦辣，味道都是美的。

美的概念不是只有开怀，当遇到无法排解的无奈，那种忧郁是不是也可以定格成为永恒的美？在我的心里是的。懒散的寂寞，决绝的姿态。越是梦幻，越是清醒。内心的呼喊是一种完美的享受。

三三两两的语言，如同生活中的琐碎，不可或缺，各种滋味。

沉默隐忍，部分时候如此。看场景看人，这些是心情起伏的因素。

If you want me。让人眩晕的曲调。类似那曲琵琶语，仿若徜徉在一条雨中的小巷，脚下的水洼溅起一点点的水泡，两旁灰色的砖暗红的瓦，前方经雨水冲刷之后明净的石板路，欣赏它低调的绮丽，心里的挣扎一点点舒缓，飘散。

美 好

诗意的画面，不曾放弃的追寻，流星雨里许下的愿望，默默的渴盼，简单而执着。

美好是冬天正午的阳光，三三两两的语言，调皮的图片，微笑的容颜，简短的问候，内心的温柔。

美好是每个日子里深沉对望，细小情感在无声无息中滋长。

美好是地面散落的片片花瓣，在风中静静沉淀丝丝的芬芳。

美好是呈现在你面前的坚强，是在夜里醒来想你时的苦涩。

滂沱

空幻的不再去想。过往的不再迷恋。未出现的只用来等待。

消失的当作空气。出现的认真对待。不能要的只用来观望。

经过纷扰的街市，走在昏黄的路灯下。

当被孤单感侵蚀，当被无助感提醒。

当挣脱这妖娆的毒，逃出它所谓的缤纷。

昏昏欲睡也罢，承受也罢，终究会过去。

嘴角浅浅的微笑是奖赏，为这不再堕落的夜。

无数次看天，享受它的蓝，还有它的灰暗。

阳光里灿烂，雨中落寞。

风起的日子烦乱，大雪的日子欣喜。

自然界里奇妙的景观，用心来映衬。

听歌声中的嘶喊，最渴望的便是那样的淋漓尽致。仿若一种发泄，所有的郁郁的蓄积。爱上那种投入，全身心的，无所顾忌的，自由的境界。仿若一场高空中的飞翔，不停息，不想停，那些无处安放的，无从诉诸的，交给它，由它来完成。

好久没有下雨了，很期待。

最好是滂沱。

连　绵

原来一直都在隐藏，并没有刻意。直到那些意识慢慢呈现，才发现始终是逃不过的，只是少了幻想，也不敢再有奢望。

曾经的欢语，过往的笑颜。人的记忆有时是绵长的，然而心绪却是起伏的，只是在怀念那些场景。有些花儿只适合观望，当你触碰，它枝叶上的刺深深地扎在你的心里，拔不出也消融不了，疼痛难忍。

还是有渴望，那温柔如梦境中的暖阳。以为在温热的穴中渐渐退化而失去了激情，只是无论怎样退，总无法回到最初，于是依然前行。尽管跌跌撞撞，遇见疼痛，走出沼泽，跨过顽石，挣脱蔓草，相信前方一直都有幸福的灯塔。

美

灰色的天，摇摆的树枝，飞舞的叶子。

泛黄的树叶在风的吹拂下飘动于地面之上，盘旋久久。

抬头望大树顶端的枝叶，寂寞地摆动。

天空是一望无际的灰色，低调的开阔。

明朗有明朗的美，灰蒙蒙也有灰蒙蒙的特质。不同的风格，不一样的感觉。

陶醉于晴，迷恋于寞。

美，始终让人无法拒绝。

听　说

　　忆起一个人，激烈的爱让他迷失，我看到了那个时期里他所有的彷徨，他说他惧怕的是安定，他说只有不停变换，才是他想要的生活。

　　在那所房子的走廊里，在夕阳投射过来的光芒下，我看着他的面庞，他的眼神明亮坚定。我不知道要去向哪里，只是在时光里穿行。心满意足。

　　有些温暖是充满悲情的。一成不变的那句话是条连线，她在这头，他在那一头。简单明了，任性笃定。这条线里承载着她的隐忍，她的爱情。危险却真实。当一切无法阻挡亦无法停靠，就交付于时间解决，来生再爱。

　　这是一种逃避还是无奈？如果逃脱是一种解脱，会换来希望，那么是否就要那般？那时候，苦痛是一根万世不变的刺，深深刺入两个人的心里，而被刺着的人就那样深深沦陷，在彼此的目光里，无法挣脱。

不知道泪流满面是一种发泄，还是要接着奔赴更深沉的渊壑。

忽然明白时间所承受的沉重是无法比拟的。

生活总会留有痕迹，只是有些模糊，有些深邃。

珍惜那些如花的过往。痛楚也终究会过去。

每次醒来

恍然如同一场梦境。

画面美好澄净，如溪流一样潺潺，微风一样清爽，细雨般迷人，雪花般飘渺。

那幅画面浪漫而充满感觉。

理智而深奥，天真而活泼。

永远念着的字语。

熟悉而陌生。

小小的言语，已经满足。

轻轻地微笑，嵌入心底。

宿　命

对雨的热爱是连绵不断的。

喜欢它带来的清新和透明。

喜欢看雨水洗刷过的树叶和花草，干净、明丽。

喜欢石板路上的小水洼，迷恋踩在上面啪啪的感觉。

喜欢小雨下湿湿的头发，让人清醒。

喜欢因为雨而呈现出来的类似缠绵的心情。

梦境中的小溪清澈甘甜，我看到里面有可爱的鱼儿在游动，像小时候去往学校路边的溪水一样让我欢喜。身边的人神采飞扬要去溪中捉小鱼，我在一边等待。

童话般的画面在心里停留，无限美好。

罗大佑，爱的箴言。

让我想起电影中的那场爱恋，像海水一样的波澜壮阔，而浪潮之后的无奈颓败，撕心裂肺。

纯洁热烈，刻骨而痛楚。

原来你也在这里

无处安放的忐忑。

或许是因为不能说出却说出口的话，空气中弥漫着淡淡的失落。

总是在缥缈的空气中产生幻觉，并且沉沦，不管对与不对。

本是一颗可以安然成长的种子，却因为过早被烈日映照而逐渐枯萎。

于是决定，从此不再提及。

给它无限修整的时间。

姿　彩

午后，蝉鸣，微风，枝丫晃动，光影，叶子之间的投射。

荷塘的花开得正好，低调却绚烂的美无处可藏。

傍晚，天色低低的灰暗，潮湿的空气将曾经的一幕幕在脑海中轮番闪现。假如是电影，我不知道哪一幕会有完美的篇章。

无法接应却又挡不住它的来临，于是瞬间思维混乱。

荡漾无边的是些许揪心的伤感。

小贤从庐山带回红豆串起的链子，很美，欢喜。

想起庐山的雾。如同仙境。

想起那个在庐山中没有结局的故事。

不期而遇的缘分。

有的时候简单而又容易，仿佛它时时处处在等你。

也有的时候，你一直在寻觅，却迟迟没有遇见。

它的神秘在于它的无从把握。

如同雾。

来来去去。沉迷。消散。或许都只是一瞬间。

那一刻。原来你也在这里。

那会是怎样的一种心动。

会是怎样的姿彩。

忽然之间

只有在写字的时候是安静的。

就像哭闹的孩子得到心爱的糖果之后不再喊叫。

带着泪痕，却，安静。

或是蜷缩，或是追逐盘旋。如此简单。

像是落入水中的纸张，看它一圈圈释放，释放它的柔
情。

雾

　　坐在地板上，写凌乱的文字，在光线微弱的房间。我想我可以这样到天昏地暗。

　　想起无规则的游戏，总是这样乱无头绪。
　　只是一场场如同幻觉的烟火。

蹉 跎

在时光的隧道中穿梭，如同一场梦，迅速，却真实。

闭上眼睛是回忆，睁开眼睛是旋转。

前　行

清晨，阳光，初夏清晨微凉的气息，小鸟清脆地鸣叫，光线映照下的树叶在风中摆动。

很久没有流泪，其实是渴望的，渴望的是那种淋漓尽致，还有之后的无尽舒畅。就像迪克牛仔的声音，破裂的悠扬，充斥着激情，却有无限彷徨。

梦里，看着泪珠大颗大颗滴落，在手中的书页里汇成一团小小的湖，我颤抖着将它倒出，看着它流走。

看着身旁人的不知所措，委屈却无处宣泄。

于是，沉默还是沉默。只有自己可以知晓。

无法释然，所以独自承受。

不再去问，不要诉说。

柔　和

想要的是，向前走，不回头。

午觉绵长，不知道是太过疲倦还是梦中的情形让我无法逃脱，在狭长的房间，每个人有每个人的表情。短暂的欣喜，淡淡的冷漠，丝丝的担忧，狂乱的热情，强忍的镇定，近乎乞求，类似施舍。即便那样依然满足，只为了心里那个遗憾不再成为遗憾，只为了那个心愿可以实现。

流动的旋律

春天的田野就像是正在风中拂动着的一面面纱巾，柔软而缠绵。背景是晴朗的蓝，而朦胧的纱面上飘浮着嫩绿的叶子和花瓣，一束束开满花儿的枝条上，娇艳的粉红、温和的白、烂漫而矜持的紫在其间点缀。鲜黄的油菜花像一团团的火焰，澎湃，荡漾。树林中一排排的小树整齐而挺拔，它们的成长，它们的积极向上感染着我。而风中的麦苗更是一片惹人的汪洋绿海，波浪起伏，我仿佛闻到了绿海的味道，有着清香的芬芳。

这些个曼妙完美地簇拥在一起，在大自然中交融，我的心儿也跟着绽放，那一刻，是激情无限的。于是，在这么个慵懒春日的午后，我陶醉了。

飘　雪

　　小城的雪如同细小的鹅毛，纷纷扬扬，伴着小雨。温度不够低，于是雪花落在地上便融化，滋润了大地，还有大地上的万物，小草、大树、田野。

　　喜欢纯粹的雪花，凌乱，自由飘荡，吹进脖子里凉凉的，让人激动。渴望一场大雪，地面上的雪厚厚的，走在上面会有吱呀的响声，到哪里看到的都是无限的银白，吸进来的是夹杂了雪花的空气，让人清醒，惬意。

　　小时候的冬天，记忆里总出现有无穷无尽的大雪，让我们这些孩子疯玩儿疯闹的大雪。大大的雪片飘落，我们伸着舌头接着，以便尝试那彻底冰爽的快乐，那个时候的笑声和雪花一样，漫天飞扬。

　　很多个下雪天路面会有厚厚的滑雪道，有的已被滑成如同专业的冰场，我们就那样你拉着我我拉着你，笑声不断，一个又一个跟头地滑向学校。到了学校课余时分依然还是在雪的世界中嬉戏，抛雪球、堆雪人、打雪仗，身上沾满雪花，额头有浅浅的汗粒，脸蛋儿红扑扑的，而身心都洋溢着快乐。不知道是雪点缀了校园，还是它的银装素裹点缀了我们，总之那时的我们无忧无虑，除了笑还是笑。那时的世界是那么简单，一次曼妙的雪就会让我们那样开怀。

于是去年的冬天，我一直期盼，期盼还能遇见那样的雪景，不知道是我在留恋童年，还是我觉得这个世界已不再单纯。

细微的感动让泪水不可抑制地流下。感激生活中的每一根稻草。所有的付出所有的珍爱，相互依靠。

再想生活中所包含的很多东西，拥有着的，失去的，努力想要得来的，美好的，单一的，复杂的，琐碎无常的。很多的很多我们都无法把握，于是在感觉中生存，只是慢慢地明白了要遵循生活中所需要的那种原则，也正是在那样的原则下我们才会慢慢长大，逐渐变得智慧。依然期盼明早醒来外面是我想要的那一种美景。

那一刻

那一刻是没有欲望的，只是渴求一些温暖。

只是想要的温暖太过奢侈，到现在才明白。

之前是寂寞的，之后亦然。

从你的世界中逃离，不是刻意，而是必然，因为那样的瞬间填补不了空洞。

如此迟钝，还一直为自己的任性开脱。

开始明白，生活需要的是理性之内的真实。

一直都在莽莽撞撞。

热切，狂乱，若隐若现。 萧瑟，冰凉，销声匿迹。

你有你的借口，我有我的幻想。

如海，平静有时，波澜有时。

凌乱的安静

喜欢看寂寥的枝丫在风中颤动，假如有阳光，一点儿也不遮掩，仰着头，傻傻看，微微笑。

枝丫所展示的一切，像极了某一刻的心情，空空却真实透明，在这个季节承担所有的一切，那样合适。

放弃挣扎，越过狂乱，一步步，在生命的轨迹中日趋沉稳，是我想要的不迫。

生命的过程如果没有伤口，是不会完整的。

就像千疮百孔的落叶，它经历的是四季的盎然和激情，细雨和风霜。在它落下的那一刻，还在继续飞扬，没有忘记演绎新的篇章。

生活不是随心所欲的事情。想要的，不想要的，不会总是我们想象的。

美好的日子，生命中曼妙的风景，曾一同酝酿一并疯狂，这已经足够。

叙　说

记忆总会在日子中飞扬。

或美好，或伤痛，总会悄悄散落。

像花瓣，一片一片，在无人洞悉的瞬间，消散。

叙说。在这样的夜里。

有时候生活很简单，是自己把自己推向了一个漩涡，甚至深渊。因为倔强，因为随心所欲。

于是也因此有了一个又一个故事，一个又一个落寞，一个又一个美丽。

一些纪念，无法呼吸的，面带微笑的。

只是一切已经过去。

不停地告别是因为什么？在这个时刻突然不明白了。

只知道最重要的永远是现在。

始终清晰的是，时间总会抚平一切，一切的一切。

记忆总会在日子中飞扬。或美好，或伤痛，总会悄悄散落。

像花瓣，一片一片。在无人洞悉的瞬间，消散。

冬。仿佛感到了它的来临。

风。依然是肆虐的。

天空携着这个季节的特征，黯然。

依然会微微从容，因为一些细小的回忆，因为微笑，那是生活的原动力。

生活不是一个简单的过程，很多个时候需要深深呼吸，需要很努力，那样才可以挣脱，才可以感受到阳光。

是的，只要用心了就会看到灿烂。所以生命就是一个不断磨砺的过程。就算会哭泣，也不会退缩。

明白这是必经的路，远方会看到光明。

美好的女子

美好的女子仿若春天里的阳光，温暖、贴心、灿烂、安静。

美好的女子拥有如花一样的气质。绚烂绽放，飘散淡淡的香味。不招摇，不迷惑。摇曳，摆动，在属于自己的姿态里静谧盛开。

美好的女子拥有如诗一样的心境，浪漫动人。像是清澈的泉水潺潺流动，偶尔荡漾片片浪花，同鱼儿嬉戏玩闹于水石草之间。活泼，天真。

美好的女子曼妙玲珑。像是大雪纷飞的日子洒进掌心里的雪花，一丝凉，一点儿调皮。你看着她带着笑意离开，你抓不住她，只能感到她的慢慢消失。那种感觉，沁人心脾。

偶尔也会有落寞，那样的时刻是属于一个人的时刻。蜷缩。听音乐。看书。喝花茶。整理衣柜的衣服，将它们一件件散开，享受或妖娆或古朴的棉布的质感，然后叠起。这样的过程是纯粹的享受，些许琐碎在心里一点一滴沉淀，又坦然。

懂得品味，懂得欣赏。有敏锐的洞察力，了解社会的流行元素。不一定花枝招展，但绝对有独特的气质，以及淡淡的自信。

美好的女子有太多小心绪，敏感、细腻。有一颗童心，任性、孩子气、闹情绪。也因为有爱就有了太多值得疼惜的成分。

喜欢彻底，但很多时候优柔寡断。因为有美丽的念想，念着种种的美好。简单纯真、不复杂、懒洋洋。

有心动，有希冀，有期待，有等待。看岁月像水一样，缓缓流动。低调，从容，深奥，不急不躁。

可以明了事理，时刻都在努力生活。虽然会有哭泣，有倾诉，有寂寞，有孤单，有脆弱，有无助，但最多的还是微笑。学会了经过，即便它是沼泽。有沧桑，有经历，便也增添了韵味。

多情。因为有情，因为纯真，因为善良，因为柔软。感情真挚、热烈、诚实。心如大海，懂得包容与忍让。坚韧、坦荡、开阔。懂得珍惜，珍惜心里的美好。

美好的女子娴静大方，温柔婉约，多姿多彩，宛如风景。如同走在林间小路，一抬头看见的强烈光线里摇摆的枝叶。又仿佛晴朗的日子里蔚蓝的天空，洁白的浮云。像是漾着昏黄光束的画室里安静的油画，独自吐露着芬芳。又若柔软的棉布上面妖娆寂静的花朵，热烈，隐忍。

美好的女子能够认知美好，珍惜美好，心存美好。

平　和

有时候心里会涌现出大段大段的回忆，像是在光影闪烁的时刻飘动的片片花瓣，带着隐秘的清香，纷纷洒落。孩童到成年，每一个时期的嬉笑玩闹，哭泣欢乐，细腻的思绪，飞扬的场景，像彩色电影一样在心里放映。我转身成了一个观众，在缓慢悠扬或是澎湃热烈的情节中，跟着心的节奏，揣测观赏。

春天花儿盛开，萌生的新芽；夏季蝉儿鸣叫，浓郁的树荫；秋天落叶纷纷，光秃的枝丫；冬日漫天飘雪，纯净的校园。存在四季分明的记忆。

小时候，赶上雨天的周末，一本《格林童话》、几颗蜜枣就能让我惬意愉悦。中学，制订学习计划的时候斗志昂扬满腔热情，却总是在一成不变让人无奈的名次中草草收场。中学之后开始新的学业，与密友隔三差五地相聚逛街吃小吃。从早到晚，逛个不停，吃个不停，不知道累，不觉得撑，哈哈大笑，除了酣畅的快乐还是快乐。泡图书馆读小说看杂志，写日记理思绪，把专业放在一边，轰轰烈烈地奔向矫情却让我无法躲避的文艺。虽不透彻，却也可以迷惑安慰内心。心存念想，感知美好，知足常乐。没有太多野心，也不算消极，只是性格使然，于是很多事情便也自然而然。不去抱怨，静心承受，安然面对。

一直都感性，也不想理性。说我幼稚也好，固执也罢，我认同的是，感性的人心里会一直存在细腻琐碎连绵不断的美好。不必豪情壮志，钟爱细水长流。

心里最大的幸福是因为拥有情意。包容、伟大、真诚、热烈、踏实、自然的情意；没有太多语言默默支持的情意；可以懂得可以理解的情意；可以很久不见、再次见到依然如从前的情意；甚至矫情，甚至任性，甚至纵容，在我看来却都是让我温暖的情意。这些情意里包含着眼神的交汇、内心的隐忍，深藏着心疼、不舍还有期待，充满着无言的分别和深情的想念。它是华美的乐章，浅浅的微笑和不可抑制的流泪是它完美的曲调。在这些情意里，有旁若无人的无所顾忌，有小心翼翼的不安忐忑。它是心的支撑，是人生的依靠。

你是否明白，不会再提及的其实也就成了永恒。

想念很多小吃，家乡的小吃。在这个城市不停地寻找。我只是想念曾经深爱的味道。其实明白这是在寻觅一种感觉，我把这种感觉称之为念想。如同我不停地回忆曾经的时光，念旧，只是因为，那里有我的念想。因为想念，所以幸福。

翩翩起舞

　　怀着弥漫着很浓的、伤感的气息，去想象着以后的种种，随着日渐成长，现在的一切都感觉是如此的艰难，所隐藏着的一些个不确定的因素，让我在原该平静的道路上，一路走来却跌跌撞撞。或许我应该努力学会顺其自然，可是发现我做不到那么的洒脱与无所谓。或许我本来属于一个细腻的女子，正是因为这种细腻，让我开心，让我幸福，让我哭泣，让我绝望。在这样的途中，不停地迷失，不停地遗忘，还有停不住的成长，带着欢欣，携着我的念想，还没有完全堕落，因为我还有希望，在我心里还有理想，就像在这冬日里还有着像暖春时节里一样的阳光。脚下的落叶沙沙地响着，每一个声响都是一次颤动，所有存在着的彷徨，都在这样的暖阳里开始无尽地蒸发吧，找到属于自己的方向，开始前往，一切应该是美丽得令人神往。依然想在这样灿烂的季节里翩翩起舞。

颤　动

　　这个冬日有着暖春时节一样的阳光，脚下的落叶沙沙作响，每一个声响都是一次颤动，所有彷徨在这无尽暖阳中开始蒸发，前往属于自己的方向。

　　忽然间的美丽，令人神往。于是很想在这样的灿烂中翩翩起舞。和你一起，带着欢欣，携着念想。

尘埃落定难不难

生活不能总在梦幻中进行，它有它的原则。曾经我们偏离了轨迹，尽管那是我们渴望已久的想法。或许，在我的内心深处，在乎的太过蹉跎。或许这才足以构成我的生活，两条平行线只能两两相望。事过境迁，也只能默然地接受这一切。

寂寞的日子，心情没有来由地飘零，无法消停。

只是你生命中的片段，而你的出现，我却永远记住。

这是一个迷人的游戏，带着诡异的色彩，它只是小孩子们心仪已久的片段，而我们早已步入成年人的行列，或许那些只是梦幻过的剧情。或许，所有这一切，不是爱情，也不是游戏，而只是一种渴望，心碎后的渴盼。或许，这只是为了纵容自己而找的滥借口。

很多时候的言不由衷让我无奈，而我只能那样，虚伪度日，背叛自己……因为我想逃避在我身上刻下的那些伤痕，我只是一个害怕伤痛的孩子。

很多年后，想念会不会慢慢沉淀，在心中独自沉浸。

喜欢在自己的感觉中沉沦，无论孤独，苍茫抑或是忧郁，只是陶醉，无法自拔。

始终是一个不安分的孩子，在失去了安静的理由之后，所有的一切都呈现出了它最真实的一面。原来，我也是瞬息万变的。

而会不会有那么一天，那一天，所有我想要去实现的东西都离我远去，甚至不留下一点儿痕迹，让我再也抓不住，而我只能蹲坐在墙边，流泪。一点一滴，感受心底的疼。

一开始就知道，只不过又是一次新的尝试。

而现在，我是一个脱离了轨迹的星体，面对危险的未来。在感觉的漩涡里盘旋，本来就是一件冒险的事情。

最害怕揭开伤疤，因为那样，本来的累累伤痕会更加清晰透明，无处躲藏。

有时候，依然觉得内心空洞得像是干涸了的河流，只剩下河床，在烈日下嘎嘣嘎嘣地分裂，留下心痛的痕迹。

我知道，这是一个禁区，然而它对每个人都充满了诱惑，所以我还是忍不住要走进去。

想很多事情，包括无法预知的未来。想这些的时刻，总是很惆怅，无助的浪潮在心里不停地翻涌。

或许不该这么细腻，储存太多的幽怨。

喜欢看着地面走路，不愿触碰行人的眼光，陌生而没有温度，只想保护自己的眼睛。

在喧嚣中释放心情，是不是更残忍，或许，越是那样，就越感到孤独。

人，都是矛盾的承载体。

他们说，相爱可以很单纯，因为爱是与生俱来的。

安静的时候写字，累的时候看落日，感受苍茫如海浪一样的爱抚。假如可以，生活会是多么的安宁。

有些故事如同这缤纷的季节一样，有着它独特的绚烂，无尽的销魂，还有永远停止不了的失落，可我，却迷上了那种风情。

空气中，总有一些不确定的因素在弥漫，可有的时候，寂寞深得像海，有谁可以在挣扎的时候还轻松自如？

阳光下飞扬，黑夜里孤单，在雨天落泪，有雪的日子冰冻，一切都是缘由。

相　信

会是在醒来的一刹那，

会是在梦里的呢喃中，

会是在流泪的时候，

会是在寂寞的日子，

会是在听到某一首歌的瞬间，

会是在看到什么的那一刻，

会是在音乐的陶醉中，

会是在回忆的思绪中。

会有信念，

会有实现梦想的那一刻。

要相信，

这不是单纯的幻想。

风

喜欢此时的风，微微地进来，凉彻。

看窗外，灰灰的天 。

远处有绿色的树，生机，无限。

一切变得透明。

没有了以往的尘埃飞扬。

有的只是清澈，新鲜。

坐在这里，

静静地，想念啊。

在这美丽的雨季。

明阔的心情，

只因为雨。

洞　穴

不知道是多想，

还是只是无法理解。

又或只是太在乎，

只是好像总带着病态。

无法诠释这些，

这些，

究竟是调味剂，

抑或是毒药，

我不知道。

你说是习惯，

只是这种习惯不好。

因为会让人迷茫无助，

没有方向。

就像在黑暗的洞穴中，

只能摸索着找出口。

一直这样会很累，

会没有信心。

会停滞，会磨灭你的一切。

角　色

人的一生要有那么多角色去演。

可是人生并不是戏，

也不是电影，

也不是电视，

它是生活。

生活是真实的，是存在的。

生活是要继续的。

好好感受。

好好体会。

梦呓

看着雨的倾泻，

心里是无限愉悦的。

夏季的雨没有固定，

任性而彻底。

肆意的时候，

连绵的时候，

或许只是一瞬间，

或许也是一整天。

两天，

三天，

抑或很久。

烈日映照的时候，

它也可以异常狂烈。

乖和戾同样不可或缺，

它亦如此。

习惯

它是怎样的一种东西。

奶糖，

抑或是巧克力。

咖啡，

还是毒药。

我只知道，

很多事情，

它成为一种习惯，

是无从逃离的。

或许是因了某种笃定，

才可以承受一些苦痛。

轻微的，

沉重的，

生活在继续。

曾　经

　　只是依然任性，某些时候，一些东西依然会瓦解，是维护不了的。有时候会想起从年少时期就开始，可最终还是消失了的友情。

　　那个时候是简单的，明朗的，因为单纯，因为在意喜悦的感觉，在那个时候是没有一点儿遮拦的，可一切始终是逃不了青涩的 。

　　不是没有妥协过，不是没有努力过，只是还是阻挡不了它成为回忆。

风　筝

　　断了线的风筝会有新的方向，一时间挣脱了控制，开始逃离，有那么一瞬间，或许是愉悦的、自由的 。于是飞啊飞，无限的劲头，有太多崭新的渴望 。

　　可是总会有累的时候，总会有失去力量的时候。于是就想到要停留，于是在一个陌生的地方，颓败、落寞的生活 。

画

弦若太紧，会断掉

心若太窄，会枯萎

生活若只有惆怅，会失去色彩。

人生本该是斑斓的。

好好描绘这幅画吧，握好手中的画笔。

只要用心，在清澈的自然中，就算是沉寂，每一笔也都
会精彩。

沉　寂

有些东西妖娆堕落。

有时会想起 带有些许怀念。

曾经，有些事情明知是游戏，还执迷不悟。

曾经那样轻狂，是因为寂寞，抑或孤单。

只是在这个时候，有些画面，还无法忘记。

润甜的言语，缥缈的烟。

迷离的眼神，无畏的心。

小孩子一样的闹，曾经那样不知悔改。

外面开始下雨，天有些灰暗，冷冷的小风。

秋天到了，夏天结束了。

信

你的新生活也开始一点点慢慢习惯，从开始的抱怨到现在的笑语，已经感到有些心平气和，你知道，这样的你是让我放心的。

于是，我也从心疼到欢喜。我知道，一切都是一个需要去适应的过程，不用想对未来的未知，这是无法阻止的，做好眼前的事情是最重要的。

依然喜欢没有隐藏，喜欢在彼此的心中是透明的，清澈的，每时每刻感受生活。这样的时刻，我是幸福的。

伤 口

内心有巨大伤口的人，是不是就看不见他们的哭泣。

而我，

某些动人的心事，每时每刻都可以化作眼泪。

无法拯救。

人的一生是一场生活剧，而幸福，它是其中的片段，有停息的过程。

但只是过程，之后依然是幸福，所以不停追逐，只是要幸福。

人生的构成它除了幸福，还有很多。

假如只有幸福，就像纤弱的花瓣，便不忍触碰，因为会有更深的痛，所以，之间的苦痛、流泪、煎熬、压抑、窒息，一切的一切，都会过去。因为，这就是原本的生活模式，无尽的轮回。

蜕　变

每一次痛苦之后会是蜕变。

蜕变代表新生，

所以不要惧怕伤痛，

为了重生，这是必经的路。

不要放弃自己，不要放弃对幸福的追逐。

要有自己的念想，那是幸福的根源。

过分宠爱是一种伤害，

不管对谁。

可是爱，它有时候就是这样被慢慢折磨。

再多的繁华，终归会落尽。

拥有温暖的性情，淡淡欣赏这一切。

沧桑的美。

在 梦 里

梦里。

你把我放在了一个很高的位置。

在上面，

我感到了恐慌，

不敢向下看。

恐高的情绪让我闭上了眼睛。

可是看着你，

突然间，

心又平和了。

故　事

到处弥漫着桂花的芳香，

最沉迷的味道，

动人的旋律中所演绎着的，

只想陶醉。

有些心情是需要沉淀的，

放在心里会更安全。

生活就像是大树。

发芽，长出新叶，落下枯黄千疮百孔的叶，冬眠。

然后，新的一年，发芽，长叶……

这样循环，我们需要的是过程，这样才会有意义。

生活亦如此，由一个又一个的段落组成。

每一个都有它独特的意味。

就是这么纯粹，这样自然 。

是属于我们的丰盛。

味　道

有时候脆弱如同水中的纸张，一触即破。

会觉得日子像颓败却又妖娆的花。

不知是要珍惜还是该跟着颓废。

只是为了消散不想要的寂寞。

一半海水一半火焰。

越是残酷越是柔弱。

寂寞深得像海，

深蓝的海，

幽静的海，

无法游出的海，

而你，是海中央漂浮着的水草。

空　气

很多语言如同空气，

不能缺少，

却只能感觉。

有些心情有些摇摆，

在某一个时刻，

晕头转向。

只是想让时间诠释这一切，

只是有些过于急切，

只是什么都不想去想。

沙滩上的鱼儿，

无助地蹦跳，

近乎窒息，

因为那不是它生存的地方。

遥远的场景

夜色中的校园，

黄润的路灯，

三三两两的身影，

一切在笼罩中更显朦胧。

或许是沉静太久，忘了曾经是如何的欢腾？

走在校园微亮的路灯下，看梧桐树叶在灯下的昏黄，享受夜的静谧还有淡淡的冷。

欢喜，清醒。

忽然想起曾经校园的桂花香，当时放在书页里面细小的乳白色花瓣现在还在，只是没有了当年的芬芳，闻起来是沉淀之后的安宁。

还有那些玫瑰，不想看到它的枯萎，于是摘下片片花瓣，在它盛开得最美好的时候。

把带着露珠的花瓣一片一片放在书本里，伴随着甜蜜的文字，让它们一起发酵，成熟，在我的梦里继续绽放，以为那样就会永远盛开。

那些个晴朗的夏日，阳光透过窗子洒在我的床上，我一个人享受那微凉的温暖。

音乐，诗歌，台灯，书。

顶楼的风，飘摇的床单，皂粉的清香。

当我不止一次地想起这些琐碎，依然觉得是那样不可抑制的美好。

渐渐明白纯真年代已慢慢远走，激情的荡漾不知是否还会出现。

幼时的憧憬与现在的期待，是否还会有重合的那一刻？

是否，再也不能？

爱　情

与爱情有关的东西带有无法防御的妖娆绚美的病毒，仿佛是努力在消毒水中寻找那种危险的美感，可是却只能站在它的边缘。

依然想要靠近，因为想看到那狂放的花蕊，闻到那股味道，它却是颓废而安全的。或许是因为无法理解它的深邃。

Cocoon 。单曲循环。

但是爱情，不可以。

继续隐藏。

那些过往的缤纷。

冬眠的缘分

感觉才刚刚过了初秋，冬就来了。还没有来得及狠狠地萧条，就开始凛冽。这样也好，这样让人足够清醒。

或许是因为在我的概念里，认为任何过度都需要一个稍微漫长的过程。而这个冬来得有些急。就像那一年，听了那些话，刹那间，所有原本的欢喜荡然无存，整个世界开始灰暗，窒息。

想说的是，就算有些事情可以预见未来，但是依然需要缓冲。因为无法承受飞越，没有那样轻快的思想。

午觉时分的梦深沉凌乱，醒来的最初几分钟依然在梦境里沉浸未能挣脱，仿佛还是梦中的世界，有着在现实里继续梦的念头。之后终于完全清醒，笑自己的痴，起床，看外面阴沉的天。

有时候回忆很单纯，是不带情绪的，就像最初的真实。这个时刻想起的那时，文字之外没有任何言语。

当　时

　　那时的忧伤像一簇簇鲜花，自由自在摇摆荡漾，风起的时候散发淡淡芳香，不肯停息，于是继续，蔓延至无边无际。

　　曾经在这充满诱惑却折磨人的或淡或浓的气息里沦落得无法自拔，仿佛上了瘾也戒不掉，不知是不肯，还是没有找到合适的可以戒掉的理由。

　　而今，当我静静坐在时光的列车里，看到那些曾经的美好的，伤痛的、挣扎的、欢笑的、幸福的、撕心裂肺的过往，看着它们乘着对面驶来的列车，从我眼前疾驰而过，我只是闪了闪眼睛的片刻，它们匆匆留下一阵风。我蜷缩在风的漩涡里，我想要停靠，我想要怀念，最终还是任它溜走。

　　我留不住它，也无法跟它走，因为我还是要继续前行。

　　这些路途之中的风景在我心里留下了痕迹，我也因此学会了阻止忧伤来临之前的风暴，或许是因为添了些许平静少了些许折腾，或许是有了新的解药。一时间我还难以说清，只是感觉，我的感觉。

我学会了熄灭，熄灭导火索。如果那根线的前方是忧伤，我会走到燃烧的点点火星跟前，狠狠把它掐灭。伤了手指，却救赎了我的心，那样就不至于让心更千疮百孔。

是少了澎湃，还是再也无力承担那些激情动荡的不安。

我在铁轨的隆隆声里转了一圈又一圈，我看着窗外的蓝天，白云，我看着光影在我身上投射，我在其中摇摆。

如　果

如果那是一个晴天，那一天的阳光是明朗而灿烂的。

如果那是一个雨天，那一天的小雨是绵绵有节奏的。

如果那是一个雪天，那一天的飘雪是纷纶不寂寞的。

如果那一天有风，那一天的风是柔和的。

如果那一天有露，那一天的露是清澈的。

如果那一天……

因为从那一天起，只有微笑，没有伤怀。

因为从那一天起，只有美好，没有痛楚。

歌　声

　　有些老歌深情动人，依然让人沉迷。即便是很久未去聆听，也会再次陷入。

　　像是不能继续的爱恋，只能在想起的时候恍然如同一场梦境。

　　那幅画面美好，澄净，如溪流一样潺潺，微风一样清爽，细雨般迷人，雪花般缥缈。

　　那幅画面浪漫而充满感觉。

　　理智而深奥，天真而活泼。

　　永远念着的字语。

　　陌生而熟悉。

　　小小的言语，已经满足。

　　轻轻地微笑，嵌入心底。

多年以前

很多年前的那个春末夏初的季节，每天凌晨睡觉，第二天在阳光里醒来，去楼顶看微风中飘动着的床单，淡淡的一切，就像那时的心情，慵懒没有着落。

那时的泪水几乎把我淹没，试图逃避，却还是未曾抵过脆弱的心。

那是一段灰暗没有征兆的日子，有些落寞即便是在阳光里，也还是无法消散。

一些惶惑还有无奈终究会过去，无论这是一个多么挣扎的过程。生活在继续，事情也不会一成不变，好的，坏的，或许都在循环，那是必经的路。

枝　丫

　　像是有很多东西在心里停留，却无法把它理清，不知道该怎样说出来才能够释放。

　　些许琐碎压在心里就像一个个小的石头，略显沉重。

　　在车里，一直望窗外的天，还有路边的树，纯净的天空，还有那些日渐寂寞的枝丫。

　　是我喜欢的场景。

七 月

你说你的山，我说我的水乡。

那些个细碎而温暖的。

蓝的天，白的云，青的水，高的山，还有强劲的心。

微风，细雨。

碧绿的草原，淡黄的小花。

明白那些爱，朴实深切，真挚动人。

成长的岁月，纯真，胆怯，信任，无奈。

呼喊与挣扎，伤痛与忍耐。

琐碎的语言，深深地满足。

跌倒了也是欢喜。

因为有期盼，有等待。

容易感动，经不起那些微小而细密的真实。

一点一滴的过程漫长而辛酸，却深深向往。

单纯的愿望，美好无邪。

宽容可以拯救一切。

无言的承诺，一个拥抱。

类似爱情

类似爱情，单曲循环。

喜欢这般，某一个阶段，在爱上的音乐里天昏地暗。

这一刻，忧伤而飞扬的旋律中，丝丝过往在眼前浮现。

那一年的秋末，我的索取，认真而执着，关于你给的温暖。

就像是一个得到了心爱玩具的孩子，贪恋而投入。

我以为那样，在即将到来的冬天里就不会感到冰冻。

就可以在萧萧的季节里翩翩起舞。

离别的那段路走得慢悠悠，小心翼翼守护那个美好。

不曾想过那只是一场如同烟花的表演，而当我终于发现那些只是幻觉，是我真实的存在，是你无谓的敷衍。

当我明白那只是我的一厢情愿，只是在你的游戏中偏离了主题。

当我看着漫天飘零的雪花，依然寒冷，颤抖。

当我再也无力面对你的冷漠，无心期盼假如那算是温暖的温暖。

我转身离开。

我只是一开始没有看清楚，那不属于我，也不属于你的情绪。

那不是爱情。

摇 曳

有些情绪只能是隐秘无声的。因为，一说出口就无影无踪。

于是把它藏起，在一个无法察觉的位置。

于是，习惯在空寂中存在。

游荡的是心，而那些空幻，那些寂寞，就像盛开的鸢尾花，妖娆而决绝。

那一场风花雪月

昏黄的街灯下，拖着悠长的影子，寂寞地行走，等待他。

见到他，看到他那发亮的眼神。

他拉着她的手，接过她的背包，带她吃饭。

她默默跟着他走，风吹来时，闻到他身上的清香，沉迷。

心动，曼妙而轻巧。

以为这会是让人欢喜的等待，以为这会是一场真实的风花雪月。

或许，一切只是幻觉，在那个时刻里。

热烈的瞬间。

冷漠的以后。

原来，不是拥抱了就会温暖。明白了有些拥抱只会让人更加空幻无力。

他给了她这样的感觉。

原以为会沉浸在里面，不曾知道还未沦陷就想要逃脱。

代　价

　　那里凄美潮湿。那些错乱在自己制造的缝隙里肆无忌惮。

　　内心如同一个无法撕扯的线团，多种丝线的交缠。

　　想要理清，却又瞬间空白。

　　隐隐作痛，那是寻找美所要付出的代价。

心　酸

人性的脆弱与心底的渴望，激烈而痛楚。

想要的是理解，是真情，没有敷衍，没有虚伪。

痛恨自私，还有惹人厌的自以为是，它会让任何美好的东西一点点变质，直至毁灭。

想要爱，想要得到爱。只是每个人所展示的方式不同，于是，一切朝着相反的方向飞去，把心血都抽干。像那只塑胶袋，空荡荡，不肯停留，仿佛悬浮才是最好的归宿。是不是因为没有落点，于是就无所谓安全或不安全。

很简单的事情，不知道为什么会越来越复杂。

如果爱，为什么就不能好好对待，为什么要有那么多细腻和敏感。

忧伤有时像是一团清丽的月光，它在一瞬间袭来，无法躲避，于是回应，用更深的漠然。

荷

时间慢慢过去，心里的很多东西也跟着过去。

甜美的，伤痛的，浓烈的，曾经以为无法摆脱的……

这一切都在消散，在日渐平息的心境里。

满心的幸福有时是沉默无言的。

像盛开的荷，清丽，低调而绝伦。

像无法说出的梦境，十指的合拢是心里一直存在的期待。

有了不知道该不该存在的顾忌。

学会了隐藏，隐藏无遮无挡的潇洒，只想做低调的自己。

那些未曾说出的话，那伤心的故事。

那个诺言不合时宜的实现，那些最后的最后依然让人痛楚的现实。

没有争执，没有狼狈。没有狂躁，没有虚伪。

那是安然，恬静的生活。

散漫却从来不曾失去节奏。

是的，这确实是另一种生活，淡然没有迷乱的生活。

有大树、有花草、有阳光、有暴雨、有微笑、有宽容。

爱上淋漓尽致，爱上恍恍惚惚，彻底而真实。

存在秩序，少了凌乱，让我迷恋的生活。

释　然

释然之后，一切变得明净。

或许不该那么细腻，那么给自己增添忧郁。

现在看来，仿佛那些伤感太过刻意。

曾经演绎过已经足够。

原本就是两条平行线，

瞬间的交接只是幻觉。

冬

仿佛感到了它的来临。

风，依然是肆虐的 。

天空，携着这个季节的特征，黯然。

心里淡淡的微笑。

尽管还有无法释怀的心情。

但是明白，这是必经的路。

知道，远方会看到光明。

篇　章

很多时候，现实它带给我们更多的是生动，而不只是创伤。

生命的过程如果没有伤口，是不会完整的。

就像千疮百孔的落叶，它经历的是四季的盎然和激情，细雨和风霜。在它落下的那一刻，还在继续飞扬，没有忘记演绎新的篇章。

微笑，是生活的原动力。

天还未亮

醒来那一刻，

这个世界是安静的，

而我的心是狂乱的。

而我宁愿，

当这个世界是喧闹的时候，

我是安静的。

何　时

是从什么时候开始，

你也一样迷恋，

迷恋和我一样的琐碎。

是一直存在，

抑或只是我的幻觉。

可为什么，

它明明是这样真实。

不是每个任性都会有理由，假如有，那也只是借口，太纵容也太娇惯自己的借口。

也不是所有幻想中的都是最想要的，因为知道了，所以空白了。

因为空白所以有自由，有舒坦，有淡淡的从容，有暖暖的平和。

可是也因为空白所以才会有期待，有了期待一切都会是美好的，就像阳光。

因为那样才是最真实的，也是让我欢喜的。

散　落

晨露一样的透明，

只是不再清澈。

让人欣喜的热情却无力承受。

是疲惫，是无法预知的冷漠的未来。

存在的依然愿意相信。

只是惧怕永远的定义，一秒钟还是两秒钟。

短暂的欢愉还是一时的新鲜。

颤抖的奢望是因为惧怕还是因为憔悴。

不想问，

不想说，

已经说过，心一懒再懒。

梦　魇

午觉依然绵长，不知道是太过疲倦还是梦中的情形让我无法逃脱。在狭长的房间，每个人有每个人的表情。短暂的欣喜，淡淡的冷漠，丝丝的担忧，狂乱的热情，强忍的镇定，近乎乞求，类似施舍，即便那样依然满足，只为了心里那个遗憾不再成为遗憾，只为了那个心愿可以实现……

可是，一次又一次，只是在梦里，即便有幸福，短暂的幸福，那却不是真实的。

沧　桑

很久之前的那个日子，阳光透过窗子照进房间，她一脸灿烂。

可是，不经意的触碰，她开始想象曾经的样子。

孩子的面容，沧桑的心境，内敛沉稳。

突然，悲伤涌入，不可抑止。

即便是，现在的她已经真真实实地单纯且美好。

可她也深深知道，欲望是从来都不会消失的。他的，她的，他们的。

一切物质都在发展中变化着。情绪，无论是兴奋还是失落，亦如此，这已成为必然。

不知道一切是否可以持续。

是否会依然简单无保留，真诚而洒脱。

可是，若隐若现的，无法开脱的，是成长的代价。

旋　转

岁月的蹉跎。

抵不过的是时光的荏苒。

所以放下落寞，期待未来。

寻找自己想要的。

在时光的隧道中穿梭，如同一场梦，迅速，却真实。

闭上眼睛是回忆，睁开眼睛是旋转。

清　澈

想流一场汗，浩浩荡荡的一场。

把身体里的毒素全部排出。

不再像现在这样，双眼酸涩迷糊。

想要的是澄净。

透明。

温和。

睡　眠

闭上眼睛就是天黑。

睁开眼，迷糊两秒。有汗。翻身。闭眼，就又睡下。

近乎昏天暗地。渴望昏天暗地。

有零星梦境，每次醒来的两秒钟之间还是记得的。只是那时候记得。后来忘记。

昨天早晨哭着醒来。

今天早晨笑着醒来。

梦带给人的幻觉真是奇妙。

梦的魔力真大。

中午，其中一个梦，是一个武侠片儿。貌似，我的角色是一个侠女。

另外一个梦，这会儿还没有忘记，那是一个关于温暖的心事。

生如夏花

夏，热烈地到来。

暴雨。安静。睡。日记。台灯。阳台。晾晒。清爽。

哭。连绵。甜言。颓唐。激情。躲藏。

街角。心动。迷乱。

雨天。衣角。羞涩。沉默。

单车。烟雾。欢笑。凌晨。金鱼。悠荡。

光线。期待。相聚。

热闹。食物。幸福。

雨后。春泥。内敛。摇摆。

而夏带给我的回忆比其他任何季节都要丰盛、浓烈、真实。

安　静

安静有时候是不是一种沉寂？

颓败，冷漠。与安静无关？

想要安静的时候，世界只剩下自己。

没有表情，只有音乐是最爱的。陶醉。

拥　抱

我想抱抱你。

当这句话从线儿的口中溜出，线儿呆呆了很久。

失去了往日的激情，热烈也不见踪影。仿佛只是顺口说出，只是习惯。

可是线儿发现，时间会浇灭炽烈。不管曾经有多么炽烈。于是习惯不再。

曾经以为不会更改的东西在时间的飞逝中渐渐淡去。

线儿不知道电话那端的平石听了这句话是什么感觉。

平石的语言依然如孩童。只是，线儿看透了平石内心深处的那些痛楚，而平石他不愿流露。可是线儿却依然心疼，微微地。

可终于，线儿明白，这一切已与她再也无关。

一瞬间，线儿望着天花板，晕晕乎乎，沉沉睡下。

五 分 熟

狂放的旋律，让我窒息。

不只是随便说说，说出的都是让人无处躲藏的。

始终无法驾驭虚伪，所以依然真实存在。

秋 千

那里的秋千一直在晃摇。

于是，心也跟着晃。

你总能说出让我心痛的话。

于是，除了低头喝酒，什么都无法继续。

是我太脆弱了。

不是你的错。

是我。

天高地厚

颓废，落寞。

不知原因。

不知是太简单抑或太复杂，不知是太懒惰还是太散漫，总之，模糊不清。

面无表情，心跳却飞速。

安静而凌乱。

矛盾无序。

下车，雨后，风中，五分熟。

热烈，冷漠。

空气是新鲜的，生活应该是动感的。

当我想你的时候

心开始残。

蹲在路面，无法抑制地哭泣。

像是一个迷了路的孩子。

委屈且无助。

脆弱是一直存在，

还是悄然来临。

在我无力抗拒的时刻，

有些防线已沦陷。

于是，

越陷越深。

告诉自己需要开始新的轮回。

放下颓，

丢弃寞，

想要的是辉煌和灿烂。

阴　沉

狂风，暴雨，冰雹，激动。

放在手中看冰雹的样子，白色，惊喜。

听着撞击玻璃噼里啪啦的声音，有些想念，可是却不知道该怎么诉说。

蹚水。

路面有被冰雹击落的叶子，鲜鲜的绿色，一片又一片。

黑暗。

水洼。

深一脚浅一脚。

跟着空气一起，享受新鲜。

雨　夜

电闪雷鸣，倾盆大雨，在喜欢的夜贪婪入眠。

雨声中醒来，去关各个房间的窗户，看阳台外面的茉莉、米兰和栀子被雨水浇灌。

开始感受这个季节的热烈，开始有汗流，这场雨让天气稍微清爽。

晨起撑伞在雨洼中行走，欣喜若狂，仿若回到孩童时代，觉得脚下是一条河，穿着凉鞋踩水。

小花园里是好看的绿，柳枝在雨中荡漾，凳子被冲刷得干净亮丽。鹅卵石铺成的小路，缝隙间有浅浅的水，小草显示出它美妙的青春活力，粉色的花娇艳且安静，在其间点缀。天空灰灰的，雨凉凉的。久不曾有的思绪让心柔软，只是感叹时光越来越远。

唱着爱听的歌，雨声是伴奏。于是，大自然的味道在这美丽的清晨，得到生动的诠释。

婚　姻

开始在婚姻中生活，开始柴米油盐，开始围着锅灶台转，开始在磨合中成长。开始孕育新的生命，开始享受随之而来的温暖和期待。每一刻在心里，无限感激。由此带来的转折，滋生更美丽的心情，还有腾腾升起的更纯真的渴望。

我更愿意认为婚姻是亲情的摇篮。爱情固然浪漫，心动、天真、甜蜜，然而婚姻所更需要承受的是厚重而深刻的生活，需要淳朴而真实的亲情来支撑，亲情是一种更美好，更温暖，更贴心，更踏实，更珍贵，更牢靠，更稳定的情意。

婚姻是一场际遇，相依相偎的缘分是命运的定数，所以我深深珍惜，无限迷恋，在这安排里安静生活，琐碎度日。

婚姻是一处园林，各种景象，万般滋味，五彩缤纷，丰盛浓烈。开心的日子，欢颜笑语，仿佛置身于春暖花开的季节，正在拥有的是世界上最美妙的芬芳、最灿烂的绽放；难过的时刻，乌云密布，一片灰暗，心里潮湿得厉害，像是凋零的风中散落着颓败的花瓣。

婚姻是一场战争。吵架这件事在婚姻中无可避免。它像是炸弹，随时可爆发，只不过轻缓不一，程度不一。吵架是调味剂，酸甜苦辣俱全。它可以让你盛开，也可以让你低迷。

只言片语

　　有时候幸福是一件小小的心事，想起来的时候会浅浅地笑，笑得想要落泪，一种决绝的幸福。就像一些事情需要等待，而这些等待是幸福的渊源。

　　当心中的念想成了一种支撑，支撑起所有的生活、所有思绪的时候，这种念想多么地令人牵挂。

　　樱花是绚烂的，可是短暂之后，大片大片的花絮，漫天飘零，让心不能抑制地疼。然而一切都无法阻止。就像忧伤的时候，泪大颗大颗地滴落。

　　生活是需要排序的，记忆从此开了花。

等待会有结局

一些忧伤，

一些幸福，

一些沉郁，

一些爱。

不可抑制纵容自己，

凌乱的文字断断续续。

在自己酿制的气氛中沉沦。

只想前往，不顾一切。

沉沦或是享受，

同样的不能阻止。

最真实的幻觉从来不曾更改过。

习惯是一种安慰，

是生活中的色彩，

在习惯的漩涡中停留。

到处都弥漫着的空气，

夹杂着深深的想念气息的空气。

夜色中，

是潮湿的空气，

和突然降低的温度。

循　环

听一首歌不停歇，

好像要至天荒地老。

直到听得全乱了头绪，

如同陷入一个漩涡。

无法走出。

风　情

凉凉的天气，

清新的空气，

拌着点儿湿润。

风轻轻的，

地面有水，

在风的吹拂中荡漾。

微小的心事，

抬头，

是无边际的绿，

让人欢喜。

那件衬衣，

喜欢的花样，

诡异的色彩，

沉醉。

因为爱。

因为幻觉。

雨季未了

我是多么想，

一抬头就会看见你。

看见你，

缓缓向我走来，

在这动人的雨季。

风，

清爽地吹着。

小小的雨点，

飘在我的脸上，

凉凉的。

仿佛要沁透皮肤，

钻进我的心里。

爱一个人都有自己的方式。

清淡或浓烈。

安静或狂热。

任性或内敛。

深沉或孩子气。

因为有拥有，

所以会有失去。

因为幸福，

所以寂寞。

因为爱，

因为无法去改变什么，

所以等待，

等待会有结局。

就像，

在山的这边，

喊你的名字。

而，

那边也会出现同样的话语。

心 事

属于我的小兽，

内敛野性，

直至绽放。

停止不了，

动人的感觉。

深深迷恋，

唯一的，

无法替代。

青苔，

幽幽的石梯，

音乐、明媚、丰盛。

沉寂的屋子，

跃动的香，

在荡漾。

阳 光

凉凉的风，
耀眼的光线，
淡淡的笑，
灿烂的心境。

逐渐散落的，
美丽的花瓣，
潮湿的气息，
暗淡的光。

飘荡的厚厚的云彩，
灰灰的，白白的，
感觉想要坠落。
离我那么近，
热情总是在你的漫不经心中逐渐散落。

想 念

会是在醒来的一刹那，

会是在梦里的呢喃中，

会是在流泪的时候，

会是在寂寞的日子，

会是在听到某一首歌的瞬间，

会是在看到什么的那一刻，

会是在音乐的陶醉中，

会是在回忆的思绪中。

冬眠的缘分

清晨看到外面飘着的雪花，

欢喜。

感受雪的纷飞，

感受那一秒的凉，

清醒透彻。

雪已深，

走在上面有咯吱咯吱的响声。

心是跳跃的，

忽然就想起过往的缤纷。

如　果

如果那是一个晴天，

那一天的阳光是明朗而灿烂的。

如果那是一个雨天，

那一天的小雨是绵绵有节奏的。

如果那是一个雪天，

那一天的飘雪是纷纷不寂寞的。

如果那一天有风，

那一天的风是柔和的。

如果那一天有露，

那一天的露是清澈的。

缠 绕

花园中，迷上那里的长廊，有枯藤缠绕，带着萧瑟却不空洞的美。

柳树开始变成淡淡的绿，春天到了，一切都开始复苏。

迷恋这样的寂寂，因为冰所以清醒。

就算会有痛楚，可总有一天它会开出最娇艳的花来。

情　缘

　　有的时候情缘是让人感伤的。

　　但我宁愿相信，不只是这样。我愿意任何事物都有双重意味。

　　在我心里，情缘是美好而郑重的。

　　那一颗潮湿柔软的心，真想让它在太阳底下暴晒。

　　让阳光驱散它所有的落寞与疼痛。

　　让它在热烈的光线里随意伸展，直至平和。

　　我不想看到它一丁点儿的褶皱。

　　只愿它无忧无虑，像个不谙世事的孩子。

　　可是我不止一次地感受它的颤抖，还有抽泣。

　　它的彷徨揪扯着我，我却无法拯救。

于是有了挣扎，有了迷惑，有了更无力的恐惧。

可是我明白，它是我的神。

它用深情的思绪给了我温暖，让我在黑暗的夜里不再迷茫。

它带来暖阳的温度，让我不再惧怕冷冰。

可是，可是终究。

我只能远远地看着它，看它走远，像一缕轻烟。

我用尽全身力气，却还是什么都没有抓到。

如果可以

会不会，可不可以，换一种关系来维持和继续。

如果可以，我会珍惜。若是不能，只剩下心疼和无力。

想念夏天。期待夏天。

热烈丰盛的姿态。茂密生长的绿色植物，强烈淋漓的夏日阳光。奔跑，流汗，疯狂。清爽的早晨，安静的午间，蝉儿鸣叫，蝶儿飞舞。花香，草香，泥土香。

心酸。时空穿梭。有些美好只属于曾经。一切都在成长。在变化。

承认无奈，面对无助，需向前，向前。

因为爱情，单曲循环。没有喧哗，沉静，只是沉静。

有些东西经过岁月的颠覆，是再也握不住了。

空落的时刻心里的无助几乎将自己毁灭。于是想要清静。

如果没有那么复杂，如果它只是如我所想的那份简单，是不是就不会有无法自控的哭泣。

或许我想念夏天是因为太迷恋它的温度，太想把自己暴晒在它热辣辣的阳光里，蒸发掉所有的潮湿，不留下一点儿痕迹。干脆，彻底。

其实都在挣扎。

我想去远方。

情　结

　　仿若这般场景。蔚蓝的天空，洁白的云彩，澄澈的溪水，茂盛的草丛，清新的空气，绚烂的花朵，沧桑的枝丫，飘零的树叶，细密的阳光，隐约的汗渍。混乱，晃眼，生动，绝伦。

　　无法不爱，于是深爱。沉沦，彻底，眩晕，极美。

　　我看清了这是欲望，却不想深究它的缘由。

　　正如某些事物，复杂之外只剩下赤裸裸的简单。缤纷的深处是寂静无声的低落。

　　仿佛恍惚了一下，就又是岁末。在想起的时候一遍遍感叹时间的极速。

女人之间

温情，这是个平和的词语。喜欢这两个字，因为会为它深藏的含义而眩晕。

没有生分。带着岁月赋予的感情生活。静雅温馨。

人与人之间的缘分奇妙而真实，能相知已很不容易，相惜更是珍贵。

想要的时光是温暖美好，没有疼痛。如静静的阳光一样流淌，而不是支离破碎。

如果这些是因为自私，那么我无话可说。

女人与女人之间的感情。

在我心里，它的美好无与伦比。

细腻，懂得，交会，深邃。

安　抚

纯粹，

简单的，

没有方向的游荡。

经历中的波折，

忍耐之时的勇敢，

这个过程自然形成。

渊　源

已立冬，开始渴望大雪，不要这放肆的狂风吹得人心躁动。喜欢有雪的日子是因为它的冷冽清晰，透彻淋漓。是否还记得那年大雪里像孩子一样拍照、观赏学校到处可见的雪人，看月季花在雪中绽放，那红色砖墙上面爬满的绿叶与雪花一同舞动，而我们就在零下的气温里热乎着一颗兴奋的心，那是一种纯真的生动，它带来的开怀让我难以忘记。

那一场雪真厚，真美，它深深印在我脑海里，就是在此刻，耳边也仿佛回荡着脚丫踩在雪里咯吱咯吱脆生生的响声，还有那无所顾忌的大笑。这一切如同电影，荡漾着青春的旋律，只是好像没有续集，或许，更愿意它是珍藏版。某个阶段，某些情节的绚烂，无从超越。所以，让它停留。

今日，在室内捧着热茶，看外面阳光灿烂，暂且忽略屋外狂乱而萧瑟的风，混沌着大脑，晃悠着心境，在碎碎光线里写字，暗自沉溺于这连续滋生的涌动。

学不会节制，所以抵挡不了诱惑。某些物质所具有的特质，不动声色。可是有时候，越是内敛的气质越让人好奇，于是紧紧被它吸引，跟随它的节奏。我在想，这是否是一种填补，补全在毫无征兆的时刻里无法消散的寂寞，还有在无数个暗夜里无人知晓的空洞。

情愫。念想。柔弱的翅膀也得用来飞翔，尽管我更喜欢游荡。有些事情，只要一想起，就像一只刚充满了气的气球被锋利的针扎了一样，就在那一瞬间，嗖地一下没了力气，也没了色彩，只剩下破碎的片片，疲惫不堪。可是，你还记得吗，曾经由它组成的五彩斑斓。

小城故事

中午一点慧子打电话来，我睡得正香，所以接到电话语气不是很温柔，稍稍愠怒。她小心翼翼地问，姐，你在睡觉啊？我说，嗯。她接着说，我们学校门口开了一家铁板豆腐。我说，哦。她说，那你睡吧。我说，嗯。然后我又继续睡。醒来的时候就开始想铁板豆腐，之后，想念便无法抑制，洪水一般，由铁板豆腐引起的一系列小吃嘣嘣嘣的都跳在眼前，于是，紧接着，在开封上学的日子又一次排山倒海般在心中翻腾。

毕业之后我就没有再怎么吃过小吃了，那时的很多食物现在只能回忆了。曾经的胡辣汤，水煎包，油馍头儿，酸辣面鱼，华侨卷粉，烤鸡腿，炸鸡心，铁板里脊，生煎馒头，灌汤包子，锅贴，蒸菜，凉皮，米皮，擀面皮，涮菜，寿司，粽子，麻辣粉，烤面筋，炒凉粉，臭干子，还有原茵同学剥好送到我嘴里的板栗。这些美妙的小吃代表着那个时期的某些心情，青春、乐趣、疯狂、无所顾忌、随意……这份无可替代，让我极其留恋。

可是，某些食物，或许以后再也无法去品味。
正如有些事物，一旦过去就不会再来。

那时的我们，在校园的林荫道散步，黄昏去水房打水，夜晚熄灯后在宿舍聊天感慨，阳光下晒被子。去宽阔的操场跑步，在群群家聚餐、听她们喊我大厨。晴朗的日子穿梭在古老的河大校园、爬到东门城墙拍照，翻墙去铁塔公园，在学校门口的小店逛来逛去，逛东门的水果早市，买新鲜的苹果、梨、西红柿、橘子、提子。去蛋糕店买面包当早餐，逛马道街、中山路、铜锣湾、大商新玛特。在书店街的夜市上转悠……从不会感到厌倦啊。

写论文查资料，累的时候看窗外的大树，感受阳光的温度，听小鸟叽喳，望婆娑树叶之间的光影，听阴天小雨淅沥的音调。

快毕业那阵子，伤感四处弥漫，有时几个人相约去唱歌，疯狂地唱，尽情地舞。唱着跳着就掉泪，或是在夜市上喝酒吃菜，喝着聊着就沉默了……到最后，不敢说话不敢对望，怕一不小心好不容易隐藏好了的眼泪又会涌出来。可是，依然毕业了，在我们疯狂地喊过跳过吃过喝过之后，在我们拿着相机在校园到处晃荡过之后，在我们心惊胆战地经历了论文答辩之后，在我们一个个都醉了哭了的谢师宴之后，在我们领了毕业证学位证开了大会之后，在那个燥热的七月，怀着复杂的心情，我们毕业了。

现在看到那些美丽的孩子们清新的面孔，年轻的样子，单纯的笑容，无忧的姿态，看着看着心里就开始羡慕不已，但是也明白，自己的那个年代是彻彻底底成为过去了。

害怕压抑，所以很久没有这样去回忆了，特别是这样细小深入地回忆。这一刻，仿佛是一次旅行，带着我畅游了一圈儿，可是归来后我发现，我还是无法舒展。

一直都觉得开封是个小城，然而，小城有小城的韵味。今天，在这温暖的阳光里，我对它无比怀念，连同发生在小城的故事。

温　情

　　午后的阳光灿烂如春，沉醉于温暖的气息中，读书，懒洋洋打盹儿，睡觉，有梦。可即便是在这暖阳里，依然逃脱不了醒来那一刹那内心的潮湿与沉闷。之前看似是一道静好的程序，而当梦境中的零星片段还未消失，这种恍惚所带来的飘绪已经开始肆意舞动，于是，无法抑制的想家。这份想念，些许伤感，却仍旧与温暖有关。

　　很自然的，我想到阳光下晾晒被子，睡觉的时候闻到的棉絮中阳光的味道；想到阳台上摆放的一盆盆风中摇动的花草，桌子上放着的那一簇淡雅的花束，悠然绽放，安静成长；想到妈妈在厨房忙活，吃妈妈煮的葱花鸡蛋面。想到纷纷的过往，那些挣扎的岁月已经过去。

花　瓣

柠檬片、桂花、玫瑰。

夜晚，给自己沏一杯花茶，边喝边续。昏黄的台灯光线里，静静品味，独特的芬芳。不说话，只有音乐和剧情。

要降温了，天色朦胧。落拓的衣服，绣花鞋。

当我骑着自行车在这个城市的街道中穿梭，当我漫步街头，当我坐在夜晚的公交车上看路边高大的建筑和斑斓的霓虹，当我在喜欢的集市淘到钟爱的物品，当这一切都已开始慢慢固定，欣喜在心里扑腾。喜欢得越多，对这个城市的归属感越强。我渴望属于，因为只有那样才不会太心慌。生活永远是生动无限的，只要你乐于探索，只要你勇敢追寻。而过往美好的画面一直在心中温存着，并且朝着更美好的方向延续。

有些时候

有些诉说，只是顺其自然，没有目的，纯粹、平和；

有些回应，隔着遥远的距离，隔着岁月的摩挲，依然安静；

有些想念，只是默默地沦陷，至极，就会有落寞；

有些话语，你一言，我一句，轻轻的，如蜻蜓点水，如微风吹拂，因为之间的激烈早已沉淀在心里；

有些味道，不曾忘记，哪怕之后的岁月里只能想念或是回忆；

有些幸福，小小的，却真实，它让你感到生活美好。

这些，我认为都是美好的。

暖

　　翻出妈妈年轻时候穿的棉布上衣，有着低调的色彩，喜欢至极，当睡衣穿，感受妈妈的味道。找来有大朵大朵花的棉布床单和新做的棉花被子，晒在阳光下，于是睡觉的时候就拥着阳光的味道温暖入梦。

那些美好

生活本身就是一个磨练的过程，从幻想到现实，从最初的颤抖到之后的面不改色心不跳，从生到熟。

在这个过程里，那些坚持还有执着会一点一点变得柔弱无力，在无迹可寻的轨线里跌跌撞撞，满是伤处，却也只能随着岁月的冲刷留下深刻的疤痕。

顾念着心存的美好。那些个浓情蜜意，绿树青草，白云蓝天，暖阳鸟鸣，那些柔软的牵挂，细细的想念，小小的，美好的。

当我闭着眼睛沐浴在阳光里，音乐在耳边荡漾，想起这些琐碎，我就觉得生活是无限美好的。

毕　业

那段时间，酸楚暗中涌动，整颗心潮湿，如同六月末烈日里的身体，有黏润的汗液，无法摆脱。

授学位之前的日子好像一直都在拍照看照片喝酒唱歌，想让自己忙得晕头转向，那样就不必在除此之外的事情里充满惆怅，发呆或是抒发。很多话想说说不出来，不知该如何表达，找不到合适的语言。

有种疲惫，揪心，却动人。

一首朋友别哭唱哭了几个人，那一刻的拥抱里，听娟儿和蓝哽咽唱歌，颤抖。那样的时候，甚至开始恨自己的脆弱，讨厌那无法克制的温热咸涩的眼泪，它总是让我的心极度沉闷，一沉再沉，仿佛跌入一个黑洞，我很用力，却爬不出来，只能生生看着某些无助，看它们温柔地撕扯，我的神经跟着嘎嘣嘎嘣断裂。

依然告诉自己，要学会承担，不要总像刺猬紧缩，要敞开，要洒脱。

要面对，要融入。

群群说：生活又回到原点。虽然是原点，但依然是新的开始。

要开始新的生活，要在一个不知远近的地方开始新的生活。

不要逃避，不要挣脱。

所有的不舍，所有的牵挂，所有的委屈，所有的难过，所有的信念，所有的理想。

放在心里。

往事如风

往事如风。

曾那样热烈过。

空气一样的纯情年代，毫无戒备地享受着自以为坚实的暖意，直到停止的前一秒钟还在守护。然而再坚实还是像空气一样消失了，于是傻傻又疯狂地哭泣，为了那无法挽回的一切。

可以沉默，却无法自控，于是沾满了尘埃。那是一段时而阴暗时而晴朗的日子，心里已承受不了伤感，于是拼命索取甜蜜，那空空幻幻的甜蜜。那时的楼顶，那时的风，那时的蓝天。那些味道里有一种美好的寂寞，飘摇。

温暖的四月天，浪涛中前行，低调没有姿态，却终于靠岸。于是任性和随意像花儿一样充满了每个角落，在内敛的季节悄然开放。

站在一旁，心酸地看着它开，看它开得有姿有色。漫无表情地看着它颓败，看着它散落每一片花瓣，捡起来放在手心让眼泪滴穿。

它是美的，美到极致。疯狂地迷恋它残落的美。

向往在布满青苔的角落里奔跑，因为是角落，所以不会迷失。

太潮湿的季节让人压抑，无法喘息，最末，依然只能是在热辣的太阳下拧干水汽，滴在地上，成了水晕，刻下岁月的痕迹。

当雪花开始飘零，开始寻求温暖，因为怕冷，因为渴望。

只是不明白，太过简单的混乱。

纯美是一种境界，差一点儿，我就伤害了它。还好，一如当初。

那些挣扎，那些过往，那些表白，那些睡梦中的话，如痴如醉。

飞　翔

渴望的便是那样的淋漓尽致。

仿若一种发泄，所有的郁郁的蓄积。

声嘶力竭是一种境界，爱上的是那种投入，全身心的，无所顾忌的，自由的。

仿若一场高空中的飞翔。

不停息，不想停。

那些无处安放的，无从诉诸的。

交给它，由它来完成。

听　说

是因为这天气的阴沉，还是梦境的烦乱，睡了很久。

梦境中的男人望向窗外，听我诉说对他的爱情，可激烈的爱却让他迷失，他无法给予的是安定。

忽然忆起一个人，我看到了那个时期里他所有的彷徨，他说他惧怕的是安定，他说只有不停变换，才是他想要的生活。

在他奔跑的那所房子的走廊里，在夕阳投射过来的光芒下，我看着他的面庞，他的眼神明亮坚定。我不知道我们要去向哪里，只是在时光里穿行。心满意足。

灰暗的天气依然不能阻止这个季节的色彩，翩翩起落的叶子，风中摇摆的枝丫，黑色毛衣，碎花围巾，飘摇，漫无表情的面容下有着细碎动荡的心，没有刻意隐藏，只是不知如何表露。

生活过，总会留有痕迹，只是有些模糊，有些深邃。

珍惜那些如花的过往。曾经完美绝伦。

清 晨

　　幽静花园中的那个院子，红砖堆砌的墙，墙上有好看的花藤缠绕。院子里石榴树上果实累累，在风中摇摆，暗红色的大门，两旁有对联，亲切而喜庆。

　　清晨，房门打开，有雏鸡跑出来在园中愉快奔跑，院子里传来鸡的叫声，响彻在学校的花园里。

　　欢愉短暂的相聚，凄楚迷离的分别。动人，销魂。

　　于是，我也沉浸在那片缥缈里。

雨 天

内敛而沉默的男子。欢愉。

假如还有回忆，只是曾经。

那些已经没有意义的承诺还有所求，不是刻意，或许只是习惯。

虽然明知道不想更改的习惯只会让神智愈加模糊。

可是有的时候人就是很奇怪，我一直无法超越这些，于是一直无法让自己更智慧。

夏天就这样慢慢过去，可是觉得还没有好好感受它的热烈。

或许秋天更美好，收获的季节。

小猫种下小鱼，因为它期待来年地里会长出更多的小鱼。

假如可以，你会种下什么？

听歌，入迷。

那些沧桑让我微微心痛。

不知道是因为这场雨，还是本来的伤处。

有贪婪，有知足，也隐藏很多很多的期待。

我在这里，感受内心的翻腾。

静

崇尚自然，不要违背自然，事实上也违背不了。

顺其自然，不要刻意追寻什么，要明白该来的自然会来，失去的也是无法再挽回的。

明白万物的变化都有它的道理，所以要平和对待世间万物，这是一种超然的情怀。

每个人所实现的人生价值都是不一样的，个人追求也有所不同，因为性格的不同，所以对人有时不要强求，你自己想要的不是他想要的。

生命中不必要的东西，命运中无可奈何的东西，都不要去追求。

心要无杂念，才会完成。